Disney
MALÉVOLA
DONA DO MAL

Maleficent: Mistress of All Evil
Copyright © 2019 Disney Enterprises, Inc.

© 2019 by Universo dos Livros
Todos os direitos reservados e protegidos pela Lei 9.610 de 19/02/1998.
Nenhuma parte deste livro, sem autorização prévia por escrito da editora,
poderá ser reproduzida ou transmitida sejam quais forem os meios empregados:
eletrônicos, mecânicos, fotográficos, gravação ou quaisquer outros.

DIRETOR EDITORIAL
Luis Matos

GERENTE EDITORIAL
Marcia Batista

ASSISTENTES EDITORIAIS
Letícia Nakamura e Raquel F. Abranches

TRADUÇÃO
Jacqueline Valpassos

PREPARAÇÃO
Flávia Yacubian

REVISÃO
Tássia Carvalho e Juliana Gregolin

ADAPTAÇÃO DE CAPA E ARTE
Valdinei Gomes

DIAGRAMAÇÃO
Vanúcia Santos

Dados Internacionais de Catalogação na Publicação (CIP)
Angélica Ilacqua CRB-8/7057

R854m

    Rudnick, Elizabeth
    Malévola: livro oficial do filme / Elizabeth Rudnick ; tradução de
Jacqueline Valpassos. – São Paulo: Universo dos Livros, 2019.
    256 p.

    ISBN: 978-85-503-0452-6

    Título original: *Maleficent: Mistress of All Evil – the official movie
novelization*

    1. Literatura infantojuvenil 2. Disney, Personagens de I. Título II.
Valpassos, Jacqueline

19-1879   CDD 028.5

Universo dos Livros Editora Ltda.
Rua do Bosque, 1589 – Bloco 2 – Conj. 603/606
CEP 01136-001 – Barra Funda – São Paulo/SP
Telefone/Fax: (11) 3392-3336
www.universodoslivros.com.br
e-mail: editor@universodoslivros.com.br
Siga-nos no Twitter: @univdoslivros

Adaptado por Elizabeth Rudnick

São Paulo
2019

Grupo Editorial
UNIVERSO DOS LIVROS

PRÓLOGO

O REINO DOS MOORS estava em silêncio. As fadas que chamavam aquela exuberante terra de lar se sentiam seguras e protegidas. Elas passavam os dias brincando entre as belas árvores, flores e plantas que cresciam em abundância. Reuniam-se em harmonia e dançavam sob o luar. Não mais temiam o mundo além das fronteiras – pelo menos não tanto. Elas podiam dormir à noite sem pesadelos. Estavam livres. Estavam felizes.

Aurora cuidara disso.

Cinco anos haviam se passado desde que Malévola concedera o maior presente de todos à bela e jovem princesa. Dando a ela o beijo do amor verdadeiro, Malévola acordou a Bela Adormecida e a trouxe de volta para governar as fadas, como tinha sido o desejo de Aurora. Durante cinco anos, Aurora reinou com graça e bondade. E, sob seu reinado, Moors havia prosperado.

Malévola também havia encontrado paz – tanto quanto a fada alada poderia. Ela fora uma presença constante na vida de Aurora e passara os dias voando alegremente pelos Moors, observando com orgulho Aurora transformar-se de jovem garota em jovem mulher, de princesa hesitante em rainha forte. Ela também testemunhara Aurora e o príncipe Phillip ficarem mais próximos, o vínculo crescendo à medida que o amor se tornava mais real, mais maduro. Ainda insegura quanto aos humanos, Malévola manteve Phillip à distância. Mas, pouco a pouco, até mesmo a presença dele se tornara familiar – e *quase* bem-vinda – nos Moors. Ele passava mais tempo lá do que em seu próprio Reino de Ulstead, do outro lado do rio.

Mas onde há luz, há também escuridão. E a escuridão vinha chegando aos Moors. Um mal inesperado estava apenas começando a se revelar...

CAPÍTULO 1

A NOITE CAIU. Nos Moors, as fadas dormiam, embaladas pelo correr da água nos riachos e o sussurro suave do vento nas árvores.

De repente, a quietude da noite foi interrompida por um estalo alto. Em algum lugar nos limites do reino, um galho se partiu.

Três homens humanos, intrusos, congelaram em reação ao som. Olhando nervosamente uns para os outros, aguardaram para ver se o barulho acordara alguém – ou algo. Quando nenhuma fada apareceu, eles suspiraram juntos de alívio.

O mais jovem foi aquele que suspirou mais alto. Ben não queria vir, pra começo de conversa. Ele ouvira as histórias daquele reino. Tinha visto a enorme fada alada que cruzava os céus de tempos em tempos, e a imagem sempre o enervava. Ele achava que Moors estava próximo demais, mesmo com o rio separando-o de Ulstead.

— Elas voam — Ben dizia à sua família e amigos quando o provocavam —, o que significa que poderiam voar *sobre* o rio se quisessem. — Era difícil contrariar essa lógica.

Mas seu amigo Colin lhe dissera que seria uma incursão rápida – e lucrativa. Então, ele concordara. Só agora estava começando a se arrepender. Assim que entraram nos Moors, ficou todo arrepiado. Ele sabia que era bobagem, mas sentia como se as próprias árvores estivessem observando; a grama, ouvindo. Mesmo à noite, Ulstead era mais clara, com tochas ao longo das ruas fornecendo iluminação nas horas de escuridão. Ali, a única claridade que irradiava provinha da lua e das estrelas suspensas no céu. E, naquela noite, o céu estava salpicado de nuvens que encobriam a pouca luz de que dispunham.

— Vamos voltar — sussurrou Ben enquanto Colin e o outro homem retomavam o passo.

— E perder uma boa grana? – questionou o terceiro homem, Thomas, balançando a cabeça careca. – Nem pensar.

Ben franziu o cenho. Ele não sabia direito quem era Thomas, eles se conheceram naquela noite. E Ben não confiou nele. Os olhos do homem eram calculistas e frios. Foi ele quem convencera Colin a embarcar nessa aventura até o outro lado do rio, e Ben tinha a sensação de que não acabaria bem.

10 | Malévola: dona do mal

– Fique perto – orientou Colin, olhando por cima do ombro para Ben. Ele não disse mais nada, mas nem precisava. Ben conhecia aquele olhar. Colin estava dizendo para ele ficar quieto e manter a cabeça abaixada. Ambos precisavam do dinheiro, não importava o perigo.

Relutantemente, Ben seguiu os homens mais para dentro da floresta. No interior profundo, os sons eram mais abafados; a noite, ainda mais escura. Parando em frente a uma árvore alta, Colin fez um sinal com a cabeça.

– Chegamos.

Ele retirou um pequeno machado da mochila e começou a cortar o tronco. O som pegou Ben de surpresa, e ele se encolheu. Colin continuou golpeando até que, por fim, um enorme pedaço de casca se soltou. Atrás dela, havia uma pequena fada. A criatura estava dormindo, roncando levemente, com os olhinhos fechados. Com agilidade, Colin estendeu o braço, envolveu a fada na mão e a enfiou em uma bolsa que carregava sobre o ombro. Colin arrancou mais casca e continuou a pilhar a árvore. Ao lado dele, Thomas fazia o mesmo, a cabeça calva curvada enquanto se concentrava na missão.

Ben olhou para baixo e viu que a árvore estava coberta de cogumelos. Mas logo o fungo começou a se mexer e a se contorcer, e ele percebeu que os cogumelos eram, na verdade, fadas que pareciam cogumelos. Respirando fundo, ele estendeu a mão e pegou uma.

— *Ai!* — Ben gritou quando a fada-cogumelo mordeu-lhe o dedo. A criatura era pequenina, seus dentes ainda menores, então a mordida não era fatal. Mas doeu. — Você vai pagar por isso! — Ben exclamou.

A fada mordeu de novo, dessa vez mais forte. Por reflexo, Ben soltou a fada-cogumelo, que, num piscar de olhos, escapuliu para a floresta. Ben a seguiu, trocando insultos enquanto corriam. Pouco depois, haviam deixado a pesada e abafada quietude da floresta e estavam adentrando velozmente uma clareira. Ainda gritando ofensas, Ben entrou no espaço aberto. Ali, não estava mais protegido pelas sombras das árvores. Os outros dois homens haviam desaparecido de vista, engolidos pela floresta. Mas Ben não se importou. Ele estava focado demais em colocar a fada de volta na bolsa.

Ele diminuiu as passadas e parou. Como um predador caçando, Ben agachou-se no chão e acalmou a respiração. Então, aguardou. Sem ouvir passos atrás de si, a fada-cogumelo também parou. Foi só por um instante, mas foi tempo suficiente. Gritando, Ben mergulhou num salto. Ele voou pelo ar e então aterrissou no chão, as mãos envolvendo com firmeza a fada. Enquanto a criatura se debatia e se contorcia, Ben riu triunfante.

12 | Malévola: dona do mal

– Vou ganhar o dobro por uma cogumelo – disse ele. – Entra aí. – Enfiando a fada no fundo da bolsa, Ben se virou. Só então percebeu que estava longe de onde havia começado. Retornou, assim, na direção da floresta.

Enquanto isso, Colin e Thomas continuavam a colher fadas da árvore, alheios a tudo exceto à tarefa em questão e às fantasias com o dinheiro. Não ouviram o som das asas batendo ou o farfalhar suave de folhas atrás deles. Não perceberam nada até que, de repente, o céu ficou completamente escuro – como se alguém tivesse desligado a lua.

Colin olhou para cima e seus olhos se arregalaram. Ao lado dele, Thomas soltou um grito. Houve um baque quando os dois largaram as bolsas, soltando as fadas, que dispararam para longe, murmurando umas para as outras enquanto fugiam.

Empoleirada à espreita, como algo tirado dos piores pesadelos, estava Malévola. Suas enormes asas negras estavam recolhidas nas costas. Seus olhos verdes eram penetrantes. A pele pálida resplandecia com um branco brilhante em forte contraste com os grandes chifres negros que se erguiam da cabeça. Quando olhou para eles, seus lábios vermelhos se separaram em um sorriso que fez os dois homens começarem a correr.

Eles não foram longe.

Levantando um longo e delgado dedo no ar, Malévola sinalizou para as árvores. No mesmo instante, elas começaram a se curvar para dentro, bloqueando a fuga. Galhos se estenderam como braços, agarrando os dois e arrastando-se em torno de seus membros enquanto passavam os homens de árvore em árvore até que estavam mais uma vez em frente a Malévola.

Dessa vez, os homens sabiam que não tinham saída.

Malévola aproximou-se deles devagar. Deteve-se a uma curta distância, sua sombra pairando sobre ambos. Não disse nada enquanto eles se contorciam e lutavam contra o que pareciam ser cipós que os continham.

– Por favor – implorou Colin.

Em resposta, Malévola abriu as asas. Elas se estenderam, bloqueando a pouca luz que restava. Quando esticadas, mediam mais de três metros e meio. Por mais aterrorizado que estivesse, Colin não pôde deixar de se surpreender com a evidente força e beleza inegável das asas.

Ela deu um passo à frente e os dois homens gritaram mais uma vez.

Ben acabara de chegar à borda da clareira quando os gritos começaram. Ele pulou no momento em que o som ecoou por entre as árvores ao redor.

Ben não hesitou. Ele não sabia quem estava gritando – se era uma fada, Thomas ou Colin. Mas não se importava. Todos os músculos de seu corpo ficaram em alerta e seu cérebro ficou a mil. Ele tinha duas opções: lutar ou fugir. E seu corpo lhe dizia que corresse. Imediatamente, deu no pé, ziguezagueando por entre as árvores tão rápido quanto suas pernas permitiam. Sua respiração ficou ofegante enquanto ele buscava reconhecer um caminho ou qualquer ponto de referência que pudesse lhe informar se estava na direção certa. Não vendo nenhum, continuou seguindo em frente assim mesmo. Instantes depois, as árvores rarearam e ele se viu no meio de um vasto campo de flores. Elas brilhavam ligeiramente, as pétalas vermelhas abertas apesar do horário. Ben tropeçou e caiu sobre elas. Ouviu os estalos quando algumas das hastes se quebraram. Mas ele não se importava. Não mais.

Porque, logo à frente, através de outro agrupamento de árvores, ele avistou o rio.

Lutando para ficar de pé, correu, abrindo caminho por entre as flores e, em seguida, esgueirando-se pelas finas árvores até que irrompeu na margem. Ele pulou e nadou pelo curso d'água, atravessando-o, e então escalou a margem para Ulstead. Podia ouvir – ou assim pensou – os fracos gritos de Colin e Thomas de algum lugar do outro lado. Com o coração acelerado, deixou a margem para trás, colocando a maior distância possível entre ele e os Moors.

Thomas tinha sido vago quando atraíra Ben e Colin para o esquema. Tudo o que Ben sabia era que, em troca das fadas, receberiam pagamento. Quanto e quem era o sujeito, Thomas não revelara. Embora tivesse, felizmente, dito onde o homem vivia. Ben percorreu as ruas até o coração de Ulstead e enfim parou diante de uma porta pesada de ferro. Ele ergueu a mão e esmurrou-a sem piedade.

Um momento depois, um postigo se abriu. Ficava no centro da porta, quase na altura do umbigo de Ben. Por detrás da abertura, dois grandes olhos amarelos o encaravam.

– Eu só consegui uma – disse Ben, apontando para a bolsa. Como a pessoa atrás da porta não disse nada, Ben ficou irrequieto. – Mas é um bom exemplar.

Seguiu-se um resmungo, o que Ben considerou como indicação de que deveria entregar a bolsa. Ele a deslizou pela abertura. Um momento depois, uma mão enrugada esticou-se para fora. Na palma, algumas moedas arranhadas.

– Só isso? – Ben disse, surpreendendo-se. – O pequeno cogumelo me mordeu! Duas vezes!

De repente, a mão enrugada se fechou ao redor do cinto de Ben e o puxou com força. Ben foi para a frente com um tranco, o rosto batendo dolorosamente contra a porta. Ele fez uma careta e afastou a cabeça o mais para trás que pôde. Observou a mão soltá-lo e então fechar-se em torno de uma coisa vermelha agarrada à sua bolsa. Era uma das flores brilhantes. Devia ter ficado presa na bolsa quando ele caiu. A mão enrugada tomou a flor e ergueu-a com reverência. Rapidamente a puxou para dentro e, com um estalo, fechou o postigo.

Ben permaneceu lá parado por um longo momento, sem saber o que fazer. Olhando para as moedas na mão, soltou um suspiro. Ele estava com a razão. Ir a Moors não tinha valido o preço. E, enquanto caminhava até o fim da rua e espiava os bosques do outro lado do rio, tinha certeza de que Thomas e Colin teriam concordado.

CAPÍTULO 2

AURORA FICOU OLHANDO para a sala cheia de fadas descontentes que tinham vindo confrontá-la. Grandes ou pequenas, magras ou rechonchudas, todas estavam apreensivas e trêmulas. O ar era preenchido por sons de asas e bocas se agitando. Aurora escutava e observava, com a cabeça erguida e o rosto calmo. Externamente, cada centímetro seu transparecia sua liderança majestosa e comedida. Embora, na verdade, ela estivesse lutando para manter a respiração regular e não morder o lábio.

A situação a deixava nervosa.

Durante a maior parte dos últimos cinco anos, seu reinado tinha sido pacífico e relativamente sem traumas. Houve, é claro, algumas briguinhas entre as fadas para resolver. E discussões ocasionais entre um duende mal-humorado e uma fada-cogumelo mais afável sobre quem tinha direito a determinada árvore. Mas, no geral, havia sido muito, digamos assim, adorável ser a rainha dos Moors.

Nos últimos tempos, porém, uma sensação de desconforto começara a invadir o reino. Ainda tranquilo, belo e relativamente pacífico, Moors não parecia em perigo. Mas a sensação incomodava Aurora – e Malévola. A ligação de afilhada e madrinha com aquelas terras era profunda. Quando o reino era atingido, as duas eram atingidas também. Agora, enquanto Aurora olhava para o castelo repleto de fadas aborrecidas, percebia que aquilo estava começando a incomodar o Povo das Fadas também.

Levantando a cabeça, ela se concentrou nas fadas reunidas. Sabia que estavam esperando que prosseguisse. A atualização semanal tornara-se uma espécie de tradição. Aurora achava que um reino informado era um reino feliz. Embora alguns dias, como aquele, fossem frustrantes.

– Próximo item na agenda – disse ela. – As fadas desaparecidas. Eu enviei outra patrulha de fadas das árvores para procurar no interior dos bosques. Elas virão me informar ao anoitecer. – Ao lado dela, ouviu Lief resmungar.

Aurora voltou seu olhar para o grande fada-macho das árvores que atuava como um de seus principais conselheiros. Ele a encarava de forma acusadora, seus galhos gesticulando com raiva, e levantou uma grande raiz antes de pisar com ela forte no chão.

– Por favor, não erga suas raízes para mim, Lief – disse Aurora, tentando manter a voz calma. – Verificamos o campo de Flores de Cripta. Continuaremos procurando até que sejam encontradas.

Vários outros relatórios já haviam chegado, dentre os quais o mais recente era de uma família de fadas-cogumelo. O filho adolescente deles, Button, desaparecera havia duas noites. Eles não estavam preocupados demais, pois Button era um pouco rebelde. Mas, ainda assim, achavam melhor que Aurora soubesse. O problema era que Button não era a primeira fada-cogumelo a desaparecer. E as que tinham desaparecido antes dele ainda não haviam retornado. Mas ela guardou esses pensamentos para si enquanto distribuía palavras de conforto.

Lief não ficou satisfeito com a resposta de Aurora. Novamente, ele agitou no ar as mãos semelhantes a galhos. Dessa vez, o movimento fez com que algumas folhas se soltassem e caíssem no chão à frente de Aurora.

– Sim, estou ciente de que os agricultores de Ulstead estão usando a nossa água do rio – ela respondeu.

Lief bramiu.

Aurora levantou uma sobrancelha para a reação do fada-macho. Ela sempre teve Lief em conta como calmo e estável, e tais reações não eram nem um pouco de seu feitio. Ela prosseguiu, ignorando a agitação crescente de seu conselheiro:

– Eu decidi que é hora de nossos reinos começarem a trabalhar juntos. – Ela fez uma pausa. – Pela paz.

Mas um grasnar alto a interrompeu. Olhando na direção do som, Aurora viu Diaval empoleirado em um galho. As penas do corvo estavam arrepiadas e ele trazia censura nos olhos negros. Ela conteve um gemido. Diaval deveria estar do lado dela. Deveria ser *amigo* dela.

Afastando-se de Lief e da linha de visão de Diaval, Aurora dirigiu-se às fadas. Ela sabia que estavam aborrecidas e que achavam que os humanos eram os culpados pelo desaparecimento de seus amigos e familiares. Sabia também que cabia a ela tranquilizá-las, mesmo que ainda não tivesse respostas.

– Sou rainha dos Moors e sou humana.

Instantaneamente, o local ficou em silêncio. Suspirando, Aurora dirigiu-se ao seu trono e sentou-se. O imponente assento era feito de folhas macias e grama verde. Ele se erguia do piso de terra natural do castelo e parecia acolhê-la quando se sentava. Duas fadas das flores apressaram-se a rodeá-la cada qual de um lado e começaram a trançar-lhe os cabelos.

– Percebi que tem sido um ajuste – Aurora continuou –, mas as fronteiras foram abertas por um motivo. Com o tempo, vocês se acostumarão com a ocasional presença de

humanos. Só precisam dar-lhes uma chance... a mesma chance que me deram.

Suas palavras foram recebidas com um misto de emoções. Algumas fadas se remexeram, desconfortáveis. Outras agitaram suas asas ainda mais rápido. Algumas até mesmo sussurraram entre si. Mas ninguém fez menção de ir embora.

– O que está acontecendo aqui hoje? – Aurora quis saber, ficando exasperada. Ela ficou de pé e sua voz soou um pouco mais forte. – Caso não saibam, eu *moro* aqui! – *E este castelo ficou cheio demais*, acrescentou em pensamento. – Todos vocês, por favor, esperem lá fora!

Desmoronando de volta em seu trono, Aurora suspirou enquanto observava as fadas deixarem a sala. Para seu desânimo, elas pararam de andar rumo à saída do palácio. Em vez disso, enfileiraram-se logo depois da porta, ansiosas por aguardar uma audiência com a rainha. Fechando os olhos, Aurora apoiou a cabeça no encosto do trono e inspirou fundo. Seria um dia longo.

– Podemos conversar, Majestade?

Abrindo um olho, Aurora viu Flittle pairando à sua frente. A fadinha estava com a mesma aparência do dia em que Aurora a conhecera, anos antes. Os cabelos castanhos encaracolados, com pontas levemente azuis que combinavam com o vestido, balançavam enquanto ela flutuava nervosamente. Mesmo quando Aurora não passava de uma menininha, Flittle já era volúvel e propensa a crises de nervosismo. Ela estava agindo com ainda mais ansiedade do que o habitual. Pairando ao lado de Flittle, Thistlewit e Knotgrass. Juntas, as três a fitavam com expressões estranhas. Aurora as amava. Afinal, elas a haviam educado – na maior parte do tempo. Mas, naquele dia, não tinha certeza se conseguiria tolerar suas travessuras.

– Fadas – ela as repreendeu –, precisam esperar a vez, como todo mundo.

– Isso não pode esperar, Majestade – disse Knotgrass balançando a cabeça. Ela esfregou as mãos no vestido vermelho e simples. – Sabemos que vai querer ver isso!

Flittle assentiu.

– Mal pudemos acreditar na nossa sorte – disse ela.

Estendendo a mão, Knotgrass revelou uma pequena bola espinhosa. Aurora endireitou o corpo.

– Esse é o...

Antes que pudesse terminar a frase, a "bola" se transformou em uma fada-macho ouriço.

– Pingo! – Aurora disse, batendo palmas com animação ao ver seu doce e maravilhoso amigo. O pequeno fada-macho ouriço muitas vezes desaparecia por semanas a

fio, e vê-lo fez o coração de Aurora encher-se de alegria. Talvez o dia estivesse ficando melhor.

– Ele trouxe presentes – explicou Flittle. – A primeira seiva das árvores depois do inverno.

– É para o grande dia! – Thistlewit deixou escapar.

Aurora inclinou a cabeça.

– Que grande dia? – perguntou, e viu Flittle dar uma pequena cutucada com o cotovelo na fadinha loura.

Nesse instante, Pingo saltou para o braço do trono e correu para o topo do espaldar. Estendendo a mão, o fada-macho ouriço tirou a delicada coroa da cabeça de Aurora e, então, quando a rainha soltou um grito de protesto, Pingo saltou para dentro da coroa e correu. O objeto girava como uma roda de hamster no chão.

– Pingo! – Aurora exclamou, saltando do trono e pondo-se em pé para perseguir o fada-macho ouriço enquanto ele se afastava. – Eu não estou com disposição para isso! – Quando ela achava que o dia não poderia ficar mais cansativo...

Ignorando Aurora, Pingo continuou. Correu girando para fora da sala do trono, passando pelos corredores e saindo do castelo. Aurora o seguiu, as mãos cerradas em punhos apertados enquanto resmungava baixinho. Em geral, ela gostava de caminhar lentamente pelo reino, admirando a beleza exuberante e cumprimentando as várias

Elizabeth Rudnick | 25

fadas que passavam. Mas não naquele dia. Ela ignorou as saudações e nem notou quão forte o sol estava brilhando ou o azul intenso do céu. Em vez disso, mantinha os olhos fixos em Pingo.

Chegando à margem de um pequeno lago, Pingo hesitou. Foi o tempo suficiente para que Aurora o alcançasse. Inclinando-se, ela agarrou Pingo e sua coroa.

– Peguei você! – Aurora começou a dizer. Mas, enquanto falava, seu pé escorregou no solo lamacento e ela tombou para a frente, caindo na água com um *tchibum*. – O que deu em todos vocês? – gritou, levantando-se. Sacudiu a lama e a água que cobriam a parte da frente do vestido. Seus pés estavam encharcados de barro. Ao afastar uma mecha de cabelo do rosto, sentiu um rastro de terra seguir seu dedo. Quando encarou as três fadas, seus olhos se estreitaram. Normalmente, gostava de um divertido jogo de pega-pega ou esconde-esconde em Moors. Mas não naquele dia.

– Bem, já que perguntou... – Thistlewit começou a falar. Mas, antes que pudesse terminar, Knotgrass a jogou na lama, sujando todo o seu rosto e tornando marrom o vestido verde.

Aurora abriu a boca de espanto. As fadas eram conhecidas por azucrinar umas às outras. Não conseguia nem contar quantas vezes acordara com as brigas quando moravam no pequeno chalé da floresta. Mas algo assim? Era absolutamente ridículo.

— Lá vai ele, Majestade! — Flittle exclamou.

Aurora se virou e viu Pingo. Ele tinha agarrado a coroa de novo e estava correndo em direção a um grande salgueiro-chorão. Aurora o perseguiu.

Afastando os longos ramos que iam até o chão como uma cortina, Aurora entrou. Atrás dela, os galhos se fecharam e Aurora de repente se viu em silêncio. As folhas verdes e macias abafavam o barulho externo e a envolviam em um dossel atravessado pela luz do sol. O espaço era quente e acolhedor.

— Pingo! — Aurora chamou, a voz reverberando alto no silêncio. — Venha aqui agora mesmo.

Como nenhum fada-macho ouriço apareceu, Aurora adentrou mais profundamente naquela sala natural. Ao centro, em uma rocha perto do tronco do salgueiro, ela viu sua coroa. Aurora pegou-a e segurou-a na mão. Tanto barulho por um mero símbolo. Ela nem mesmo queria uma coroa quando Malévola a fez rainha dos Moors. Mas cedera quando lhe apresentaram o belo e fino adereço feito com os galhos e folhas de seu reino. Ao mirá-lo, Aurora percebeu que grande parte de sua vida envolvia fazer con-

Elizabeth Rudnick | 27

cessões, governar e ajudar seus súditos. No silêncio sob o salgueiro, notou que fazia dias que não ficava realmente sozinha.

Foi então que ela ouviu um farfalhar suave. Aurora se virou, esperando ver Pingo. Mas, para sua surpresa, ela se viu olhando para Phillip. Mesmo agora, cinco anos depois de terem se conhecido, ele ainda a deixava com os joelhos bambos, e inegavelmente, indescritivelmente feliz. Na maioria das vezes.

– Phillip! – exclamou. – Estou tão feliz por encontrar você aqui! – *Embora eu desejasse não estar desse jeito*, pensou, lembrando-se da roupa coberta de lama.

O príncipe se aproximou. Uma mecha de seu cabelo castanho caiu-lhe sobre os olhos, e Aurora resistiu ao desejo de estender a mão e afastá-la. Ela estava sempre lhe dizendo de forma brincalhona que, para um príncipe, ele era bem relaxado com a aparência. Mas, no interior do seu coração, amava o toque de rebeldia.

– E eu também estou feliz por encontrar você – respondeu ele, a voz soando estranhamente trêmula. – Claro. Já que fui eu que vim até aqui para vê-la.

Aurora sorriu, mas os olhos continuaram vagando pelo entorno, procurando por Pingo e a coroa. É verdade, ver Phillip fora uma agradável surpresa, mas, com os Moors de

pernas pro ar e um castelo cheio de queixosos, ela não tinha tempo para ficar com ele, ou se perguntar por que ele estava agindo de forma estranha. Havia trabalho a executar. A paz que prometera momentos antes só poderia ser obtida com ação – e ela não poderia agir se estivesse procurando por todo canto um fada-macho ouriço travesso.

Ainda vasculhando o solo com os olhos em busca de Pingo, Aurora decidiu fazer as duas coisas ao mesmo tempo.

– Eu queria perguntar uma coisa. Você acha que poderia haver uma união? Entre Ulstead e Moors?

– Uma união – Phillip repetiu, a voz estrangulada na garganta. – Eu...

Aurora o interrompeu:

– Sim. Eu venho pensando em uma ponte. Para conectar as duas terras.

– Oh, uma ponte – disse Phillip, mais uma vez repetindo as palavras. – Sim, uma ponte é uma ideia maravilhosa.

– Oh, que bom! Estou tão feliz... – ela começou a dizer enquanto voltava a atenção para o príncipe. Seus olhos se estreitaram e ela inclinou a cabeça. Estava tão envolvida nos próprios problemas que não conseguira olhar direito para ele. Mas havia algo na presença de Phillip, e nas roupas dele, que a fizeram parar para pensar. – Espere – ela finalmente disse –, este é o seu traje formal.

Elizabeth Rudnick | 29

Quando seu coração começou a bater mais rápido, ela olhou em volta. O salgueiro. O dossel acolhedor e romântico. O comportamento estranho das três fadinhas e a corrida de Pingo pela floresta. Phillip em seu traje formal... Ele ia pedi-la em casamento!

Ela mordeu o interior da bochecha para evitar soltar o grito que gostaria de dar.

— Você está por trás de tudo isso, não é? — ela perguntou, a voz tremendo. Então limpou o vestido, desejando não ter tropeçado e caído na água.

— Se estiver ocupada, eu posso... — Phil começou a dizer, num tom de provocação.

— Não! — Aurora se apressou a responder, sacudindo a cabeça. — Nem um pouco ocupada.

— Porque eu odiaria tomar seu precioso tempo...

A vontade de Aurora era socar a própria cabeça. Por que ficara reclamando sem parar sobre como estava sendo o seu dia?

— Sou toda ouvidos — disse ela, sorrindo de forma encorajadora. — Sobre o que você queria conversar?

Phillip se aproximou. O sorriso em seu rosto desapareceu e ele ficou sério, os olhos cheios de emoção. O mundo pareceu diminuir quando parou na frente dela.

— Cinco anos atrás, pensei que tinha perdido você para sempre — falou. Ele segurou a mão de Aurora e apertou-a

30 | Malévola: dona do mal

com delicadeza. Os dois se lembravam de quando ela quase morrera e do que quase haviam perdido. Abrindo-lhe a palma da mão, ele passou a ponta de seu dedo sobre o dedo dela, parando sobre a cicatriz vermelho-escura que sempre seria um lembrete de quando ela havia espetado o dedo no fuso mágico. Quando olhou para cima, Phillip encontrou o olhar de Aurora. – Eu decidi reivindicar este dia para nós. Amei você desde o momento em que a conheci...

Qualquer dúvida sobre o assunto daquele encontro desapareceu. Os olhos de Aurora se encheram de lágrimas.

– Eu não posso acreditar que isso está acontecendo – ela sussurrou.

Phillip riu levemente, trazendo um pouco de descontração ao momento.

– Eu ainda nem cheguei à parte boa.

– Acho que já está muito bom – comentou Aurora suavemente.

Phillip enfiou a mão no bolso do casaco e tirou uma pequena caixa.

– Não há mágica e nenhuma maldição capazes de me manter longe de você, Aurora. – Ele fez uma pausa, e então, com os olhos se enchendo de luz e amor, ele brincou: – Tem certeza de que este é um bom momento? Eu prova-

Elizabeth Rudnick | 31

velmente poderia... – Aurora balançou a cabeça e Phillip se ajoelhou. – Quer casar comigo?

As palavras mal saíram da sua boca e Aurora já soltou um sonoro:

– Sim!

– Sim? – Phillip confirmou, embora a resposta tivesse sido bem clara.

Com lágrimas de alegria escorrendo pelas bochechas, Aurora confirmou com a cabeça.

– Agora, levante-se e me beije – disse ela.

Não precisou pedir duas vezes. Phillip se levantou, puxou Aurora para si, e, quando seus lábios se fecharam sobre os dela, o salgueiro irrompeu num turbilhão de cores brilhantes. Fadas das flores, tendo esperado com paciência pela resposta de Aurora, esvoaçavam pelo ar em comemoração. Aurora nem percebeu, perdida no beijo e no amor que sentia por Phillip. Ela não sabia, até o momento em que ele a pediu em casamento, quão profundo e verdadeiro era esse amor. Eles passaram por tanta coisa juntos. E agora tinham o resto de suas vidas para muitas outras aventuras.

Ouvindo fungadas, Aurora por fim se soltou do beijo. Olhando na direção do som, riu ao ver as três fadinhas pairando no ar. As bochechas de Knotgrass manchadas de lágrimas de alegria enquanto ela apertava as mãos.

– Nós vamos ter um casamento! – ela gritou.

Ao lado de Aurora, Phillip assentiu. Mas, então, sua expressão ficou séria.

– Claro, temos que contar para nossos pais.

De repente, a sensação calorosa e inebriante que inundava o corpo de Aurora arrefeceu. Ela imaginou a expressão no rosto de Malévola e estremeceu.

– Precisamos mesmo? – perguntou.

Como que respondendo à deixa, um grasnido alto reverberou no local. Olhando para cima, viu um grande corvo negro levantar voo de um galho próximo. Diaval. O corvo sem dúvida estava voando para contar as novidades para Malévola. Ele sempre fora os olhos e ouvidos da Fada das Trevas.

Não adiantava, Aurora sabia que teria que dar a notícia a Malévola. Embora a ideia de se esconder no dossel do salgueiro para sempre fosse tentadora, pegou a mão de Phillip na sua, e eles voltaram para o castelo. Ela usaria o tempo da caminhada para se preparar para o que Malévola diria. Tinha a sensação de que não seria um simples "parabéns".

Elizabeth Rudnick | 33

CAPÍTULO 3

MALÉVOLA ESTAVA NO ALTO do penhasco. O monólito escarpado e agourento era o ponto mais alto de Moors. Dele, Malévola podia observar o reino inteiro. Embora fosse bem-vinda no castelo de Aurora, sentia-se mais confortável ali. No penhasco, ela ficava sozinha e livre da tagarelice incessante das outras fadas.

Como única da sua espécie, Malévola nunca teve a camaradagem que surge ao crescer entre semelhantes. Ela não entendia a necessidade das fadas de visitarem-se quase sempre ou contar umas às outras sobre seus dias. Ela preferia a solidão. E, francamente, sabia que a maioria do povo fada estava bem com isso. Ela ganhara sua reputação como uma forte e feroz fada das trevas da maneira mais difícil: por meio da guerra e da violência. Mesmo agora, anos após a paz chegar a Moors, essa reputação pairava sobre ela. Sua presença ainda causava nervosismo nas fadas menores e mais alegres.

Na verdade, a única de quem não se cansara era Aurora. A garota, mais para filha do que amiga, nunca deixara de surpreender Malévola. Nunca ficava entediada ou cansada dela. Quando estava perto de Aurora, ela nunca se sentia desconfortável ou envergonhada das enormes asas e chifres escuros que só ela possuía. Malévola podia passar horas com a humana, passeando por Moors, deliciando-se com a forma como a menina ainda encontrava tanta alegria em todos os cantos do reino. O amor que havia crescido entre as duas estava mais forte do que nunca, e era ainda maior por tudo que haviam superado. Parecia que não havia nada capaz de quebrar esse vínculo.

Ao ouvir o som familiar de asas batendo, Malévola esperou enquanto Diaval, seu amigo corvo, pousava atrás dela. Ele grasnou.

– O que foi? – ela perguntou. Malévola girou a mão e uma pequena centelha de magia verde projetou-se, transformando Diaval em humano.

Malévola levantou uma sobrancelha. O homem parecia aterrorizado. Normalmente ele já era nervoso e um pouco agitado – o efeito de passar mais da metade da vida em forma de pássaro. Mas o medo que ela via agora era incomum.

– Senhora – ele começou –, eu, hum, trago novidades. – Ele parou e respirou fundo algumas vezes. – Mas, antes que eu lhe dê essa notícia, você precisa prometer que não vai... me executar.

Malévola sorriu com sarcasmo, revelando dentes perfeitamente brancos e o par de pequenas presas que faziam até mesmo o seu sorriso mais agradável parecer ameaçador. Ela sabia que havia aqueles em Moors que acreditavam que ela amaciara quando fez de um ser humano a rainha deles. Mas a maioria sabia muito bem que a verdade era outra. Eles sabiam que, apesar de Malévola amar Aurora, ela ainda era uma fada das trevas. E ninguém duvidava do dano que Malévola poderia – e iria – infligir aos tolos que ousassem tentar ameaçá-la.

– Conte – ela disse, perdendo a paciência com Diaval – ou vai preferir a execução.

Engolindo em seco, Diaval continuou:

– Não é nada importante, na verdade, nenhuma razão para reagir exageradamente. – Fez uma pausa, percebendo que sua voz soava tão trêmula quanto ele se sentia. Conhecia Malévola há tempo demais. Não havia chance de ela não reagir de modo explosivo ao que ele estava prestes a contar. – É só que o príncipe Phillip acaba de...

– Contrair lepra? – Malévola interveio, esperançosa.

– Não, minha senhora – disse Diaval, balançando a cabeça. Ele tentou novamente: – Phillip acaba de...

– Contrair peste negra? Febre amarela? – Malévola perguntou.

– Senhora – continuou Diaval, cada vez mais exasperado. Suas palavras seguintes saíram apressadas: – O príncipe Phillip perguntou a Aurora... e aqui está a parte em que eu vou lembrar você de não me matar... perguntou se ela se tornaria sua...

O rosto de Malévola de alguma forma ficou ainda mais pálido. Havia algo que poderia ficar entre ela e Aurora: Phillip. Quando Malévola ergueu a cabeça, seus olhos verdes perfuraram Diaval.

– Não estrague a minha manhã – ela avisou.

Ao redor deles, o vento aumentou – lentamente no início, mas depois cada vez mais rápido. O ar crepitava com eletricidade. O céu ficou mais escuro quando Malévola abriu as asas. Uma tempestade estava se formando. Então, sem dizer mais nada, ela alçou voo.

Diaval estremeceu ao vê-la ir embora.

– Você está lidando com isso incrivelmente bem! – ele gritou. Um momento depois, houve um *flash* de verde quando ele se transformou de novo em um pássaro e a seguiu para o céu.

Phillip não parava de sorrir. Aurora aceitara! Durante dias, ele planejou, pensando ansiosamente, preocupando-se e esperando. E agora tudo acabara e tudo correra da melhor maneira possível. Bem, exceto por toda aquela parte em que ela caiu na lagoa. Mas mesmo assim. Ela havia dito sim! Ela havia dito sim antes mesmo que ele pudesse pedi-la em casamento de forma apropriada. E passariam o resto da vida juntos! Ele se achava incapaz de dar um sorriso mais largo, mas então viu que podia.

O cavalo de Phillip galopou através dos portões principais de Ulstead e o príncipe cavalgou em direção ao castelo. A estrutura era grandiosa, com sua enorme fachada branca cintilando ao sol. As duas torres que o encimavam erguiam-se tão alto que as pontas pareciam desaparecer nas nuvens. Tudo sobre o Castelo de Ulstead era imenso, luxuoso e ornamentado. A aldeia que ficava a seus pés espelhava à sua maneira a riqueza do castelo. As construções eram menores e suas fachadas eram mais foscas do que o branco ofuscante do castelo, mas eram sólidas e bem-feitas. As ruas que o cavalo de Phillip cruzava eram lisas e as pessoas por quem passava pareciam saudáveis e felizes.

Phillip diminuiu a velocidade quando avistou Percival à sua espera na praça da cidade. Ele e Percival tinham crescido juntos e continuaram amigos – apesar do fato de que agora Phillip era um príncipe e Percival, um general no exército do pai de Phillip.

— Então, conte-me, senhor – falou Percival quando Phillip chegou. – Eu serei o padrinho? Ou escolheu uma criatura imunda de Moors?

Os olhos de Phillip fulminaram o amigo. O jovem general nada fazia para ocultar seu ódio a Moors e a qualquer criatura que fizesse daquele lugar seu lar. Apesar do rosto franco e gentil, Percival tinha uma disposição sombria e raivosa quando se tratava desse assunto. Em geral, Phillip costumava simplesmente ignorar a opinião do amigo, mas, de vez em quando, Percival dizia ou fazia algo que cruzava a linha do suportável. Em tais ocasiões, Phillip se controlava o melhor que podia para manter a boca fechada e as mãos ao lado do corpo. Mas, ainda algumas vezes, Percival via-se na ponta da espada de Phillip e, por um bom tempo depois disso, assegurava-se de moderar seu tom.

— General – Phillip disse então, tentando manter a conversa mais leve, mais alegre –, se está perguntando se ela disse sim...

Percival o interrompeu:

— Oh, eu sei que ela disse sim. Que ser humano não gostaria de escapar daquele lugar?

— O que tem contra o povo de Moors, Percival? – Phillip perguntou. Ele não estava com disposição para a atitude azeda do rapaz. Não naquele dia. Não no dia de seu noivado com a mulher que ele amava e que governava aquele povo pelo qual Percival mostrava tanto ódio.

O homem não respondeu imediatamente. Em vez disso, fez uma careta e bateu os calcanhares nas laterais do cavalo. Era hora de ir. Juntos, os dois atravessaram a praça em direção ao castelo.

– *Povo* de Moors? – Percival repetiu. – É assim que chamamos bestas aladas e árvores assassinas?

Phillip franziu a testa e lançou a Percival um olhar de advertência.

– Controle a língua, general. Não sabe nada sobre eles.

A opinião de Percival era baseada em contos e aventuras dos quais não havia participado. Ele não tomara parte na batalha do rei Stefan. Ele não estivera lá para testemunhar as atrocidades cometidas pelos humanos contra as fadas. No entanto, como muitos outros, Percival acreditava que as histórias exageradas eram verdadeiras – e que o mal residia fora do coração humano, e não dentro dele. Para ele, Malévola era um monstro.

Percival continuou:

– Eu sei que Malévola é uma assassina de homens. Destruiu metade de um exército sozinha...

– Ela não é assim, general – disse Phillip, vindo em defesa da Fada das Trevas. Ele quase sorriu. Sua futura sogra,

Elizabeth Rudnick | *41*

se é que poderia chamá-la assim, teria rido ao ouvi-lo vir em sua defesa. Ela mal tomava conhecimento da existência do humano quando interagiam. E, quando ela fazia isso, normalmente era para perguntar se ele estava se sentindo bem – com a óbvia esperança de que não estivesse.

– É meu trabalho proteger este reino – continuou Percival. – E eu vou fazer isso, velho amigo, sem hesitação. – Mais uma vez, ele incitou o cavalo e galopou adiante, deixando Phillip para trás.

Seguindo-o, Phillip suspirou, sentindo um pouco de sua felicidade murchar. Ele e Aurora tinham certeza do amor um pelo outro. Passaram horas sonhando em unir seus reinos e mostrar que fadas e seres humanos poderiam coexistir. Mas o caminho para essa unidade seria acidentado. Phillip sabia que Percival não era o único que não ficaria feliz com o noivado.

O príncipe colocou o cavalo para trotar em direção ao castelo de seus pais com um aperto no estômago. Com certeza *eles* também teriam uma forte reação à notícia.

O rei John ansiava por se esticar. Ele estava sentado há horas no trono sob o enorme fardo do ornamentado

casaco e da coroa pesada. A pedido da esposa, um manto de peles – com a cabeça do animal ainda presa – fora colocado sobre ele. E o rei segurava um longo cetro. O trono, desconfortável em um bom dia, parecia esfaquear seu traseiro depois de horas e horas posando para o retrato real.

Mas ele faria tudo para deixar a esposa feliz.

Notando um movimento pelo canto do olho, o rei John sorriu – mas apenas ligeiramente. Ele já havia sido repreendido o suficiente pelo artista.

– Ingrith – disse ele como saudação –, você é a única pessoa em quem posso confiar. Seja honesta: como eu lhe pareço?

A rainha entrou mais fundo no aposento escuro. Mesmo sem luz para iluminá-la, sua pele brilhava da mesma cor que a lua. O vestido se colava ao corpo, acentuando-lhe a estrutura fina, e o cabelo louro, quase branco, estava puxado para trás rente ao couro cabeludo. Seu olhar, enquanto examinava a tela, era gélido. Era ela, não o rei, quem parecia uma obra de arte. Uma estátua de pedra fria.

– Como o maior rei da história de Ulstead – ela finalmente disse, num tom de voz sem emoção.

O rei não notou o tom ou escolheu ignorá-lo.

– E veja o seu lugar de honra – ele continuou, aparentemente satisfeito com a resposta da esposa –, bem ao meu lado.

Incapaz de mover a cabeça, ele não conseguiu ver a careta que contorceu o belo rosto da rainha. Nem percebeu quando as mãos dela se fecharam e ela respirou fundo. Quando falou, no entanto, a voz soou controlada e calma:

– E é onde eu sempre estarei.

Ingrith desprezava o fato de que, como rainha, sempre era vista como secundária ao marido fraco e ineficaz. A simples visão do homem a fazia se sentir mal. Quando ele falava, as tolas palavras cheias de floreados e noções românticas idiotas provocavam nela o desejo de tapar os ouvidos e gritar. O casamento deles não era amoroso; fora um jogo de conveniência. As chances de que Ingrith o adorasse eram escassas, típicas das bobagens dos contos de fadas favoritos de John. Mas pelo menos ela poderia ter se casado com alguém que admirasse. Ou pelo menos *gostasse*. Em vez disso, casara-se com um homem cujas constantes declarações de amor e veneração lhe davam arrepios.

Mas o reino – e o marido – esperavam que ela fosse uma esposa devotada. Então, era. Ela sorria para retratos. Forjava alianças, instigava guerras e expandia seu domínio, enquanto John discorria sem cessar sobre a impossível paz e conversava de forma poética com o filho sobre o poder do amor.

Ela fazia isso por um único e exclusivo motivo: precisava de John e do poder que o título e o casamento lhe confeririam. Então, deixava os outros acreditarem que ele era o líder. Deixava o reino acreditar que John era a razão de viverem sob tal prosperidade e que ela não tinha plano algum. Eles logo descobririam como estavam errados.

Ouvindo as portas se abrirem mais uma vez, a rainha Ingrith se virou, feliz por ter uma desculpa para desviar o olhar. Gerda, a engenheira real, entrou apressadamente, carregando uma grande caixa. Ela era um dos poucos membros da Corte real que não se intimidava com a rainha Ingrith. Gerda fazia parte da Corte havia anos e fornecia ao rei sabedoria, conselhos e, quando lhe era solicitado, armamento. Mas ela era, no fundo, leal à rainha.

Parando em frente ao par real, Gerda assentiu. Inclinando-se, ela colocou a caixa no chão, diante deles. Estava cheia até a borda, os lados de madeira estufados pelo conteúdo.

– Majestade – disse Gerda, dirigindo-se ao rei –, os despojos da anexação das Terras Médias chegaram. – Ela apontou para o topo da pilha. – Armas.

O rei John sacudiu a cabeça, recebendo um olhar penetrante do retratista.

– Não precisamos de armas – disse ele. – Nossos dias de guerra acabaram.

A rainha mordeu o interior da bochecha. Seu marido era um tolo. Sempre haveria guerra. Fazia parte de

Elizabeth Rudnick | 45

governar um reino. Se não houvesse guerra lá fora, havia guerra dentro. Se não houvesse inimigos distantes, havia inimigos no portão. Ou, no caso deles, do outro lado do rio. Mas John sempre vira o mundo através dos olhos de uma criança, ingênuo e esperançoso; ele acreditava que a guerra deveria ser o último recurso. Ingrith pensava o contrário.

A rainha enfiou a mão na pilha e tirou uma besta. Embora as armas que Gerda adquirira fossem antigas, ainda funcionavam. Erguendo-a, ela engatilhou o arco, segurando a arma com a facilidade de quem tem prática.

– Todo cuidado é pouco – comentou ela, virando-se para que o arco fosse apontado para o rei.

Gerda observava a rainha, com o rosto sem expressão, mas o olhar curioso.

– Majestade, está engatilhada – avisou.

Houve um momento tenso quando Gerda olhou para a rainha e a rainha olhou para o rei.

– Está, é? – perguntou Ingrith, fingindo ignorância. Ela jogou a besta para Gerda, que a pegou. Ao fazê-lo, a arma disparou. A flecha voou descontroladamente pelo ar e atingiu uma estátua ao lado da porta.

– Você precisa ter mais cuidado – disse Ingrith, olhando para a flecha trêmula.

46 | Malévola: dona do mal

Gerda assentiu, assumindo a culpa, como esperado. Quando foi buscar a flecha, Ingrith caminhou para a extremidade da sala. Brilhantes raios de sol entravam pelas janelas nos fundos, iluminando o piso cinzento e fazendo-o reluzir. Ingrith desviou-se das manchas de luz, evitando-as como se fossem poças de lama.

As portas da sala do trono se abriram novamente. Sua expressão se tornou feliz – ou melhor, menos fria – quando viu o filho. O rosto bonito de Phillip transbordava alegria quando ele caminhou em direção aos pais.

– Pai, mãe... – ele começou.

– E então? – o rei John perguntou, erguendo-se do trono. Ele nem se importou com o fato de que, no momento em que se levantou, o artista começou a resmungar baixinho. – O que foi que ela disse?

O sorriso de Phillip se ampliou.

– Ela disse sim!

– Que notícia maravilhosa! – o rei John comemorou, jogando os braços ao redor do filho. – Dois reinos serão finalmente um!

Ingrith olhou para os dois homens enquanto se abraçavam – um, velho e tolo; o outro, jovem e imprudente. Ela já deveria saber que Phillip iria procurar o pai para se aconselhar sobre o relacionamento com Aurora. O garoto nunca a procurou para conversas sentimentais. Lições sobre estratégia e guerra eram mais a sua especialidade. Mas não podia culpá-lo. Afinal, nunca escondera seus sentimentos sobre Aurora. Ela apenas desejou que o marido tivesse lhe avisado sobre a iminência de um noivado.

Afastando-se do abraço do pai, Phillip se virou para Ingrith.

– Mãe – começou Phillip, a dúvida rastejando pela voz –, sei que isso vai contra os seus desejos. Mas se passar um pouco de tempo com Aurora...

Mãe e filho trocaram olhares e um silêncio constrangedor.

Se eu tivesse tido um alerta, poderia ter planejado melhor, pensou Ingrith, desejando, mais uma vez, que o marido não fosse um completo incompetente. Mas ela sabia que precisava dizer algo para o filho. Finalmente, assentiu.

– Sim – disse ela, tentando manter o tom suave. – Talvez eu tenha sido egoísta, encarando a situação de forma errônea. Eu devo a você e a Aurora uma desculpa.

– Mãe? – Phillip disse, sem esconder a surpresa com a resposta.

– Você fez a sua escolha – ela continuou, surpreendendo-o ainda mais –, então, agora é hora de comemorar.

Ingrith caminhou até ele, e também o abraçou. O gesto pareceu estranho para a rainha. Não conseguia se lembrar da última vez que abraçara o filho. Mas o momento pareceu exigir. Em seus braços, Phil ficou parado um pouco desajeitado.

– Fico feliz que enfim aprove – disse ele.

– Muito mais do que isso – disse Ingrith, recuando.

A mente da rainha fervilhava. Uma ideia deliciosamente malvada acabara de surgir. Estava encarando a situação toda de modo errado. A união não era um problema, mas uma *solução*. Ela poderia usá-la para aprimorar um plano que havia arquitetado anos antes. Por causa das circunstâncias e de sua posição, fora incapaz de fazer mais do que conspirar. Agora tudo mudou. O noivado de Phillip tinha lhe dado uma oportunidade em bandeja de prata. Ela não podia, no entanto, deixar Phillip ter a mínima suspeita de que houvesse outra coisa que não a melhor das intenções. Precisava que ele *acreditasse* que ela apoiava o casamento – por mais repugnante que o considerasse. Se Phillip não desconfiasse de nada, Ingrith teria condições de concretizar o objetivo de sua vida: o fim do Povo das Fadas de uma vez por todas. Esticando os lábios em um sorriso, ela continuou:

– Estou pronta para receber sua noiva de braços abertos. Por que não a convidamos para jantar?

Phillip pareceu chocado. Mas sorriu.

– Isso seria incrível – respondeu ele.

— Mas sob uma condição — acrescentou Ingrith, fazendo com que o sorriso de Phillip momentaneamente vacilasse. — Ela trará a madrinha.

A sala ficou em silêncio. Ingrith sabia que sua declaração provocaria tal reação. Ela nunca — nem uma única vez nos cinco anos em que Aurora esteve na vida do filho — pusera os pés em Moors. Nem abrira as portas para a garota ou Malévola. Também nunca fizera segredo de seus sentimentos em relação às fadas. Todos que a conheciam sabiam de seu desdém. E agora estava convidando a rainha dos Moors e sua sinistra madrinha para jantar?

— Majestade... — Percival começou, mas sua voz sumiu quando os olhos dela se estreitaram.

— Nós vamos encontrar com aquela que a criou — ela continuou. — Bem aqui, neste castelo.

Inconsciente do que a esposa estava planejando, o rei John bateu palmas alegremente.

— A rainha está certa.

— Eu não tenho certeza se a madrinha dela vai... — Phillip começou.

Mas Ingrith o deteve. Levantando uma mão pálida e magra no ar, ela balançou a cabeça.

— Mas eu insisto. Afinal, em breve seremos uma família. Não há outro caminho.

50 | Malévola: dona do mal

— A rainha está certa – repetiu o rei John. – Que seja conhecido em todo o reino: meu filho vai se casar com Aurora. E Malévola virá a Ulstead!

Quando o rei voltou ao retrato, Ingrith manteve um sorriso estampado no rosto. Era exatamente a cara de John tomar um decreto dela e torná-lo seu. Ingrith permitiu... por enquanto. Logo o marido já não seria problema seu.

Mas antes tinha um jantar para planejar. Algumas ideias já lhe haviam ocorrido. Entrada: conversa educada. Prato principal: picadinho de Malévola. E, para terminar, a destruição dos Moors – e de todas as fadas que chamavam aquela floresta repugnante de lar.

CAPÍTULO 4

ATÉ AQUELE MOMENTO, Aurora nunca percebera que podia se sentir ao mesmo tempo maravilhosa e péssima. Ela estava temendo a conversa que teria com Malévola. Tanto que até sentia dor de estômago.

Porém, ali no castelo, o clima não tinha consciência de sua agitação interior. O sol estava brilhando; o límpido céu azul não era maculado por uma única nuvem. E, pela primeira vez em dias, não havia fadas esperando que ela resolvesse uma disputa ou trouxesse luz a um problema sem solução. Os únicos sons eram a brisa suave entre as árvores e as vozes de Knotgrass, Flittle e Thistlewit. As três fadinhas estavam, como de costume, brigando entre si. Aurora diminuiu o passo e um sorriso repuxou seus lábios. Aquelas vozes trouxeram de volta muitas boas lembranças – e outras nem tanto. As fadas tinham sido seus únicos exemplos de vida durante os longos anos em que viveu escondida naquela cabana no meio do Reino dos Moors.

Suas vozes eram tão familiares para ela quanto a sua própria, e tão familiares quanto a de Malévola. Elas a haviam repreendido e elogiado. Criaram-na e a orientaram, assim como Malévola o fazia.

Pensando na fada das trevas, Aurora respirou fundo e voltou a caminhar. Brincou com o anel que lhe adornava a mão esquerda. A visão a enchia de uma felicidade que não conseguia descrever. Mas, quando ergueu o olhar para o céu, à espera da madrinha, essa sensação desapareceu e foi substituída pela apreensão.

Ela amava Malévola. Amava os comentários mordazes que eram duros porque ela se importava. Amava as caras feias que ocultavam seu coração mole. Amava Malévola por todas as razões pelas quais alguns a temiam. Mas também a amava porque ela era a sua mãe. Talvez não biologicamente, mas isso nunca tinha importado. Ainda assim, apesar da força de seu relacionamento, Aurora se viu nervosa enquanto esperava Malévola chegar. Ela havia visto Diaval voando para longe do salgueiro depois do pedido de casamento. Era só uma questão de tempo.

Como se aproveitasse a deixa, o céu escureceu enquanto Malévola arremeteu tapando os raios do sol. Atrás dela vinha Diaval, esforçando-se para acompanhar a velocidade alimentada pela fúria. Uma grande rajada de vento levantou-se quando a fada das trevas pousou no chão, suas asas largas tremulando no ar. Knotgrass e as outras duas se agarraram a uma árvore, tentando permanecer no lugar.

Pousando na frente de Aurora, Malévola recolheu as asas nas costas. Diaval voou para um galho próximo e nele se instalou, nervoso. O ar em volta de Aurora pareceu ficar pesado quando nuvens escuras surgiram sobre os Moors. As emoções de Malévola sempre estiveram ligadas à paisagem do lugar. Era fácil perceber que não estava satisfeita.

– Olá, Aurora – disse Malévola, aproximando-se. Seus grossos lábios vermelhos brilhavam e seus olhos verdes se estreitaram quando ela encarou Aurora. Atrás da fada, uma pequena lagoa começou a entrar em ebulição. – Alguma... novidade? – As palavras escorreram de sua boca.

Aurora respirou fundo. Houve ocasiões em que as duas tinham se desentendido. E depois se acertaram. Elas o fariam novamente – assim esperava.

– Madrinha, Phillip me pediu em casamento.

– Pobrezinho – comentou Malévola, transparecendo no tom de voz que se importava muito pouco com ele, apesar das palavras. – Como ele reagiu?

– Minha resposta foi sim – revelou Aurora, as palavras saindo apressadas.

– E a minha é... não – Malévola rebateu.

Elizabeth Rudnick | 55

Aurora levantou a cabeça. Apesar de ter ficado mais alta e mais forte – e se tornado rainha –, ainda assim se sentia pequena ao lado da madrinha. No entanto, isso era importante – tão importante quanto a segurança dos Moors. E se tinha uma coisa que sua madrinha lhe ensinara era sustentar suas convicções. Munindo-se de uma expressão corajosa, ela colocou os ombros para trás. Então, disse o que pensava:

– Na verdade, eu não estava lhe pedindo.

– Nem eu estou – disse Malévola, sem se incomodar com a bravata.

Aurora conteve um gemido. Ela imaginava que Malévola seria difícil, mas isso era ridículo. Ela estava agindo como Knotgrass quando Flittle transformou tudo em azul no chalé num verão – incluindo o próprio vestido favorito de Knotgrass.

– O que acontecerá agora? – questionou Aurora, a voz soando precariamente próxima a um gemido. – Vai transformá-lo em uma cabra? Estripá-lo?

Malévola deu de ombros.

– Já é um começo.

Dessa vez, Aurora conteve um grito. Phillip nunca havia feito nada a Malévola! Ele tinha, na verdade, feito de tudo para provar seu valor. Aurora achava que só a tentativa de salvar sua vida, anos atrás, já deveria significar algo para Malévola. Mas, apesar de todas as ações de Phillip, Malévola permanecera com um pé atrás.

Como se lesse sua mente, Malévola passeou devagar ao redor da jovem rainha. Seus longos dedos se curvaram sobre o topo de seu cajado de madeira, e suas sobrancelhas escuras se arquearam no rosto pálido.

– Você sabe que há fadas desaparecidas em Moors? – perguntou, acusadora.

– Claro – respondeu Aurora, irritada, pois, além de tudo, sua madrinha presumia que ela não saberia o que estava acontecendo em seu próprio reino. Ela ouvira os rumores. Havia tranquilizado as famílias das fadas desaparecidas. Ela descobriria o que estava por trás disso. Estava apenas agindo com calma. Mas o que mais chateava era o fato de Malévola trazer a questão à tona em uma conversa sobre Phillip. – O que isso tem a ver com ele?

Malévola assentiu, a implicação clara. Ela acreditava que os humanos eram a causa dos desaparecimentos.

– Da última vez que verifiquei – continuou Malévola –, ele era humano, um asqueroso, um repugnante...

– Eu sou humana – disse Aurora, interrompendo-a.

– E eu nunca joguei isso na sua cara.

Aurora sacudiu a cabeça e baixou os olhos.

– Até eu me apaixonar.

A tristeza invadiu o rosto de Aurora. Sua madrinha estava errada. Malévola jogara a humanidade de Aurora contra ela antes. Aurora não pôde deixar de se lembrar de outra ocasião, muito tempo antes, quando Malévola a amaldiçoou – simplesmente por ser a filha do humano que partira o coração da fada das trevas. Será que a madrinha não via que estava punindo Aurora mais uma vez, por fazer exatamente o que a própria Malévola havia feito? Em que Aurora era diferente dela quando garota? É verdade que a história de amor da fada terminou em desgosto. Mas, no final, tal história havia juntado Aurora e Malévola. O verdadeiro amor salvara a ambas.

Ao redor, a floresta ficou quieta. Aurora e Malévola se entreolharam, um milhão de palavras não ditas entre elas. Aurora viu um lampejo de dor no rosto da madrinha e sentiu uma pontada de incerteza. A dor era por Aurora ou por ela mesma? O silêncio se prolongou enquanto a fada das trevas parecia se perder em uma lembrança. Aurora não precisava perguntar sobre o que Malévola estava pensando. Ela sabia. Era a mesma questão em que ela estava pensando. Malévola recordava do pai de Aurora, o rei Stefan, e sua traição.

– O verdadeiro amor nem sempre termina bem, praga – disse Malévola, o nome de estimação fazendo Aurora

58 | Malévola: dona do mal

sorrir apesar das lágrimas que subitamente afloraram em seus olhos.

— Estou pedindo que confie em mim — disse Aurora. — Deixe Phillip e eu provarmos que está errada. — Ela se aproximou de Malévola, forçando a fada a parar de andar. — O rei e a rainha estão celebrando esta noite. Eles nos convidaram para o castelo.

Os olhos de Malévola se arregalaram.

— Você quer que eu... encontre... os pais dele? — Nada poderia tê-la chocado mais.

Sobre o ramo, Diaval grasnou, incrédulo.

— É só um jantar — continuou Aurora, embora soubesse que era muito mais.

Com seus grandes chifres negros se deslocando de um lado para o outro enquanto balançava a cabeça, Malévola torceu os lábios.

— Eles não me querem em Ulstead — observou. — Por que eu concordaria?

— Porque a mãe dele quer conhecer a minha. — As palavras ficaram pairando pesadamente no ar.

Malévola não se pronunciou quando Aurora fitou-a com olhos cheios de esperança. Então a fada se virou para ir embora.

Num ato instintivo, Aurora deu um passo à frente, com o braço esticado, como se numa tentativa de impedir a madrinha. Mas então Aurora baixou o braço. Sabia que não havia sentido em forçar Malévola a ficar.

– Por favor, pense nisso – acrescentou ela. – Por mim.

A resposta de Malévola foi a batida de suas asas quando se ergueu para o céu. Aurora a observou até que a fada das trevas não passasse de um pontinho preto no horizonte. Com o coração perturbado, Aurora se virou e entrou no castelo. Ela torcia para que em algum lugar, no fundo do coração, Malévola acabasse aceitando Phillip e sua família. Porque se isso não acontecesse... Aurora sacudiu a cabeça. Ela não conseguia pensar agora. O jantar já era preocupação suficiente.

Phillip estava nos aposentos reais, bem no coração do Castelo de Ulstead. Quando menino, adorava ir até os salões e escutar dos corredores enquanto seu pai negociava com dignitários estrangeiros ou se reunia com seu conselho de guerra para planejar ataques. Os móveis luxuosos e enormes eram descomunais perto dele; as grandes cabeças empalhadas de animais nas paredes sempre pareciam segui-lo magicamente com os olhos. Ele sempre se sentira ao mesmo tempo aterrorizado e intrigado com os troféus

60 | Malévola: dona do mal

que a mãe insistia que o rei John guardasse nos aposentos. Na infância, aqueles salões eram um lugar exótico e estrangeiro. A falta de vida ali – literal e metafórica – sempre o deixara desconfortável.

Quando Phillip ficou mais velho, no entanto, a intrigante atração havia desaparecido. Agora achava deprimentes os olhos sem vida dos animais. E, embora ainda gostasse de passar tempo com o pai, muitas vezes desejava que o fizessem do lado de fora, longe do quarto que, apesar de seu tamanho e do fogo sempre presente, parecia sufocá-lo e fazê-lo sentir frio até os ossos.

Inconsciente dos pensamentos sombrios do filho, o rei John atravessou o aposento. Ele exibia um enorme sorriso, e na mão segurava uma espada.

– Quero que use isso hoje à noite – disse ele, mostrando-a.

– A espada do rei? – Phillip estendeu a mão com cautela e a pegou.

A arma parecia surpreendentemente leve. Ele a tinha visto embainhada no boldrié do pai centenas de vezes, e em sua cabeça sempre fora uma arma pesada e incômoda. O significado de seu pai dá-la não passou despercebido por Phillip. Mas o rei pareceu sentir que o momento precisava de explicação.

– Por sua causa – complementou ele, com a voz cheia de orgulho –, Ulstead e Moors finalmente se unirão.

Phillip sacudiu a cabeça, tentando devolver a espada.

– Meu amor por Aurora não tem nada a ver com política – protestou.

– Seu amor vai garantir a paz por gerações – ponderou o rei John, mudando o sentimento um pouco, mas o suficiente para deixar claro que entendia. Então seus olhos se encheram de lágrimas.

Phillip lutou para não sorrir. Seu pai não passava de um romântico. Ele já deveria saber que, para o rei John, o casamento era uma questão de amor em primeiro lugar. O rei empurrou a espada na mão de Phillip mais uma vez e acrescentou:

– Nunca estive tão orgulhoso.

Phillip embainhou lentamente a espada no boldrié, e testou posições enquanto se acostumava ao peso do objeto. Então, ele olhou para o pai. Fora até os aposentos reais por um motivo e se distraíra. Ele precisava falar sobre a mãe. Antes que ela tivesse conseguido se recompor, Phillip havia flagrado um lampejo de raiva atravessar o rosto da rainha ao ouvir a notícia do noivado, e isso o estava corroendo por dentro. Phillip fora procurar o pai porque sempre fazia isso quando estava preocupado com algo.

– E a mamãe? Ela está chateada?

– Ela aprenderá a amar quem você ama – respondeu o rei sem hesitar. Então, dando tapinhas nas costas de Phillip, começou a contar uma história sobre quando o seu compromisso com Ingrith fora anunciado.

Phillip só ouviu pela metade. Ele esperava que o pai estivesse certo. Mas parte dele desejava que sua mãe não tivesse que *aprender* a amar Aurora. Não esperava que ela viesse a amar Aurora de forma incondicional. Mas por que era tão difícil para ela acolher Aurora? Algo que todo mundo fazia com tanta alegria e facilidade? Ingrith era incapaz disso – ou simplesmente relutante?

CAPÍTULO 5

DE PÉ NAS SOMBRAS DOS aposentos reais, a rainha Ingrith observara e escutara enquanto seu marido e filho tagarelavam sobre amor e união. Ficou feliz por seu rosto estar oculto. Pelo menos os dois homens não conseguiam vê-la revirando os olhos ou a careta que fez quando ouviu que aprenderia a amar Aurora com o tempo. Todo o tempo do mundo não seria suficiente. Para ela, Aurora não passava de um peão num jogo de xadrez que vinha jogando secretamente há anos.

Tendo ouvido mais do que desejava, Ingrith deslizou pelas sombras para o refúgio de seu quarto de vestir. O espaço era proibido para John e, em grande parte, para qualquer membro da criadagem. Com exceção de algumas empregadas muito confiáveis, ela mantinha o quarto livre de visitantes, como gostava. Caminhando para o centro do aposento, ela exalou profundamente. Aquele lugar a acalmava. De cada um dos lados, as paredes eram forradas com luxuosos vestidos nas cores cinza, prata, branco e preto. Não sendo muito chegada a cores, ela achava o efeito monocromático tranquilizante. Diamantes e outras pedras preciosas ocupavam as prateleiras, e dezenas e mais dezenas de sapatos lado a lado em uma parede só para eles. Contra a parede oposta havia vários manequins confeccionados segundo suas medidas exatas. Seus vestidos mais frágeis e adoráveis os adornavam.

Ingrith estendeu a mão enquanto caminhava em direção a eles. Mas, em vez de passar suavemente os dedos sobre a delicada renda de um, ela o empurrou. O manequim se inclinou para trás até que soou um clique silencioso. Atrás dele, uma porta se abriu, revelando escadas que conduziam à escuridão.

A rainha se permitiu o menor dos sorrisos. Essa era a verdadeira razão pela qual ela amava seu quarto de vestir e não permitia a entrada de ninguém. Ou melhor, a porta *conduzia* ao motivo pelo qual mantinha seus aposentos particulares privados.

Passando pelo manequim, Ingrith esgueirou-se pela porta e começou a descer as escadas. Seus passos ecoavam pelas paredes de pedra enquanto ela descia mais e mais profundamente. De poucos em poucos metros, um candelabro iluminava a escadaria, revelando antigas pedras sempre úmidas e frias. Mas Ingrith não precisava da luz

para saber aonde estava indo. Percorrera esse trajeto mais vezes do que poderia contar.

Quando se aproximou da base das escadas, o ambiente começou a ficar mais claro e ela podia ouvir a água borbulhando. De vez em quando, um tinido soava, como se algo estivesse batendo contra vidro. Por fim, os degraus terminaram e ela chegou ao chão. Ingrith deu um passo à frente e entrou em um enorme espaço cavernoso. Os tetos arqueados erguiam-se por quase quatro metros e meio de altura, e várias pontes de pedra segmentavam o aposento, revelando uma sala ainda maior abaixo. Ingrith caminhou até lá e olhou para baixo.

Sua reação era sempre a mesma quando olhava para o laboratório: uma mistura de prazer e orgulho. Passou anos transformando o espaço. Cada um dos reluzentes equipamentos havia sido escolhido a dedo. Cada espécime estava lá às suas ordens. Cada experimento era feito a seu pedido. Seus olhos se apertaram enquanto ela vasculhava a sala em busca de Lickspittle. Ao avistar o fada-macho curvado sobre uma bancada, dirigiu-se até ele.

Ele não a ouviu a princípio. Seus grandes e amarelos olhos estavam focados no microscópio à frente. Dedos compridos e finos enroscavam-se no tubo preto que levava às lentes. Enquanto olhava pela lente ocular, seus dedos se apertavam e afrouxavam, lembrando a Ingrith de uma aranha fazendo a teia. A pele de Lickspittle, que antes tinha sido lisa e da cor da luz da lua, há muito tempo se transformara em um amarelo esponjoso. Estava marcada por manchas e cicatrizes adquiridas com os vários acidentes no laboratório ao longo dos anos. Até mesmo as roupas dele haviam assumido o mesmo tom amarelado. O avental que usava sobre o peito estava manchado e o grande bolso atulhado de diversos materiais – e nenhum parecia particularmente limpo. Ingrith odiava a aparência suja de Lickspittle. Mas tentava ignorá-la. Afinal, precisava que ele trabalhasse, e não que a acompanhasse a um baile.

Lickspittle era a única outra alma que tinha conhecimento do laboratório. Capturado anos antes por Ingrith, ele havia perdido as asas – e a alma – e tornara-se seu principal experimentador. Ao longo dos anos, esquecera-se de que ele próprio pertencia ao Povo das Fadas. Muitas vezes referia-se a si mesmo como humano, e Ingrith havia parado de corrigi-lo. Servia melhor a seus propósitos se a criatura não sentisse qualquer conexão com as fadas nas quais trabalhava em nome da "ciência". Ou melhor, em nome de Ingrith. Sem um pingo de remorso, ele passava os dias e as noites escondido nas entranhas do Castelo de Ulstead, realizando testes cruéis em sua própria espécie.

Ele ergueu a cabeça do microscópio e, colocando um par de óculos de segurança, desviou os grandes olhos amarelos para uma flor vermelha e brilhante. Cantarolava enquanto trabalhava, batendo o centro da flor sobre um prato, fazendo-a soltar um pó dourado. A bela flor parecia deslocada na escuridão da sala e nas mãos esponjosas de Lickspittle. Ao redor, dúzias de potes de vidro nos quais estavam aprisionadas fadas de todas as formas e tamanhos. Era lá que iam parar as fadas desaparecidas – tudo por ordem de Ingrith.

Ouvindo os passos de Ingrith, Lickspittle olhou para cima. Piscou os olhos rapidamente enquanto se curvava.

– Majestade.

– Você precisa se apressar, Lickspittle – a rainha respondeu, não se incomodando com cortesias.

Ela hesitou e rapidamente olhou para a flor antes de se mover em direção a um canto no fundo do laboratório. Ali, o chão estava repleto de relíquias míticas. Mais itens haviam sido acondicionados cuidadosa e intencionalmente em prateleiras que se projetavam das paredes. Havia tigelas de madeira cheias de objetos empoeirados há muito apodrecidos a irreconhecíveis, frascos rotulados como "lágrimas de unicórnio" e "dentes de Pégaso", e até mesmo o que parecia ser o crânio de um dragão. Era como

Elizabeth Rudnick | 69

entrar em um museu de objetos misteriosos do mundo inteiro, todos remanescentes de uma época antiga em que as pessoas acreditavam em mitos e magia. No centro, separado das outras peças, estava o bem mais precioso de Ingrith. Ela havia localizado o item quase cinco anos antes e o escondera ali. Mesmo agora, no laboratório escuro e úmido, parecia brilhar com a magia inexplorada. Ela se aproximou, seus olhos fixos na roca de fiar.

Atrás dela, Lickspittle apareceu. Seguindo o olhar da rainha, ele balançou a cabeça.

– Eu nunca entendi sua busca por uma roca de fiar, Majestade.

Ingrith não virou a cabeça, os olhos ainda focados no objeto.

– É o único tesouro de que vou precisar – assegurou ela. Com o tempo, Lickspittle entenderia. Com o tempo, *todos* entenderiam.

Malévola passara boa parte da tarde na cabana que outrora fora a casa de Aurora. Quando a moça se tornou rainha dos Moors, a construção foi abandonada e dominada por ervas daninhas e flores silvestres que cresceram pelo chão e envolveram a mobília em deterioração. A poeira cobria o que restava das superfícies, e, quando os raios de sol atravessavam as janelas imundas, captavam e iluminavam as partículas flutuantes.

Apesar das condições em que a cabana se encontrava, ainda assim parecia reconfortante. Um sinal do tempo que Aurora passara lá, talvez, e o amor que empregara na casa e em tudo que fazia. Parada ao lado da janela para o quarto de Aurora, Malévola vislumbrou o pequeno berço ainda no canto. A respiração saiu do compasso enquanto se lembrava de ter visto a menininha adormecer, suas pequenas mãos apertando e soltando o tecido macio que levava consigo por toda parte. Lembrou-se de como o nariz de Aurora se contraía durante o sono, como se estivesse sentindo o cheiro de algo delicioso. E como sempre despertava sorrindo. Mesmo quando criança, Aurora tinha visto o bem em tudo e em todos – inclusive em Malévola.

Malévola não podia decepcionar a garota – mesmo que significasse ir ao Castelo de Ulstead e jantar com o inimigo.

Malévola voou para longe da casa e voltou para o castelo de Aurora. Convocando Diaval, ela foi até um pequeno lago cuja plácida superfície refletia as imagens como um espelho. Durante a última hora, estivera praticando seu sorriso. Repuxando os lábios pela centésima vez, ela

Elizabeth Rudnick | 71

se virou para Diaval. Em sua forma humana, ele estava a uma distância segura. Havia aprendido que, quando Malévola pedia uma opinião, ela raramente aceitava o que ouvia.

– E agora tente mostrar um pouco menos as presas – sugeriu ele.

– Que tal assim? – Malévola perguntou, levantando o lábio superior para que ele encobrisse desajeitadamente suas presas.

Diaval sacudiu a cabeça.

– Minha senhora, posso sorrir melhor – ele disse –, e olha que eu tenho um bico.

Malévola levantou a mão, os dedos se contorcendo, para transformar o exasperante homem de volta em um pássaro silencioso. Mas, antes que pudesse, Diaval a deteve.

– Espere – ele gritou, tentando salvar a si mesmo. – Tente a saudação novamente.

Malévola suspirou, mas baixou o dedo. Diaval estava certo em pressioná-la. Embora não tivesse vontade de comparecer ao tal jantar, ela não estava fazendo aquilo por si mesma – estava fazendo por Aurora. E isso significava interpretar o papel, até os sorrisos e os olás forçados. Malévola respirou fundo, depois tentou de novo enquanto assentia levemente.

– Que gentileza sua me convidar esta noite – disse ela, a voz soando ríspida até para os próprios ouvidos.

– Lembre-se – disse Diaval –, não é uma ameaça.

Malévola assentiu e tentou novamente. Pensou em cada doce gentileza que já ouvira Aurora dizer. Pensou na maneira como a voz da jovem sempre ficava um pouco mais alta quando tentava tranquilizar a madrinha de que estava bem. Mentalizando Aurora, Malévola disse:

– Que gentileza sua me convidar esta noite. – Sua voz soou estranhamente agradável.

– Melhor – aprovou Diaval. – E agora a reverência.

Para Malévola, já dera. Ela nem precisou levantar o dedo para fazer Diaval recuar. Já tinha o suficiente. Aquilo era o máximo de polidez que jamais alcançaria. Era hora de uma pausa.

Diaval sentiu a frustração e seu rosto se abrandou.

– Ela ama muito esse rapaz – ele disse suavemente. – Você está fazendo uma grande gentileza.

Malévola abriu a boca, uma resposta maliciosa na ponta da língua, mas se interrompeu quando avistou Aurora. Usando um vestido simples de um rosa bem clarinho que ia até o chão, com um decote discreto e sem adornos, ela parecia uma rainha realmente elegante. Algumas flores haviam sido enfiadas na parte de cima de seu cabelo, que fora puxado para trás, acentuando-lhe os grandes olhos e as bochechas coradas. O restante das longas madeixas louras ficara livre e balançava na brisa suave que soprava através da clareira.

— Adorável — elogiou Diaval, enquanto Malévola permaneceu em silêncio.

Aurora sorriu para o velho amigo e depois se moveu para ficar na frente de Malévola. Ela estava segurando alguma coisa.

— Tenho algo para você — disse ela. Erguendo as mãos, Aurora revelou um longo lenço preto. O tecido era liso, mas precioso e pesado; o mesmo tecido do vestido de Malévola. — É para... os seus chifres. — Ela fez uma pausa, sorrindo nervosamente. — Eu só achei que poderia fazer a família de Phillip se sentir mais confortável.

Aquilo doeu.

Malévola inspirou profundamente. Era um reflexo natural, aperfeiçoado por aqueles anos, muito antes, quando achava seus chifres uma fonte de vergonha. Fazia um tempo desde que ela sentira necessidade de esconder quem era dos outros. O pensamento a fez se sentir mal e com raiva ao mesmo tempo. Sua expressão deve ter deixado seus pensamentos claros, porque Aurora imediatamente pareceu arrependida.

— E você também — disse ela. — Mas talvez seja uma má ideia...

A lembrança de Diaval do quanto Aurora adorava Phillip ecoou de volta a Malévola, e ela viu, numa lembrança, o

berço no chalé. Aurora só tinha pedido o amor de Malévola. Levou anos para a fada perceber o quanto a garota significava para ela e para se sentir confortável com esse amor. Se Aurora lhe ensinara algo, foi que a gentileza pode ser encontrada no menor dos gestos. Lentamente, estendeu a mão e pegou o tecido.

– Obrigada – a menina falou, aliviada.

Malévola assentiu.

– Vamos, então – disse ela. – Vamos acabar com isso.

A fada das trevas se virou e saiu da clareira para o coração de Moors. Ouviu Aurora e Diaval seguindo-a. Enquanto caminhavam, o sol afundou no horizonte. Acima deles, fadas vaga-lumes voaram para o alto, iluminando o caminho para o trio que se dirigia até a fronteira. O grupo ficou em silêncio, cada um perdido nos próprios pensamentos sobre a noite à frente. Enquanto caminhava, Malévola envolveu a echarpe ao redor dos chifres. Quando chegaram ao rio que separava Moors de Ulstead, os chifres estavam escondidos. Vista de relance, Malévola quase parecia humana. Mas seus brilhantes olhos verdes e as gigantescas asas negras impediram uma transformação completa.

Chegando ao rio que ligava os dois reinos, Malévola hesitou. Era o mais distante que havia estado de Moors em muito, muito tempo. Olhando por sobre a água, viu as luzes da aldeia se acenderem uma a uma. Dali, quase pareciam as fadas vaga-lumes que cintilavam acima. Mas Malévola sabia muito bem. Sabia que, para cada luz que se acendia, havia um humano. E onde havia humanos, havia desconfiança – e ferro.

Respirando fundo, Malévola continuou. Com um aceno de mão, uma ponte feita de flores e videiras apareceu. Ela deu um passo à frente, os outros a seguiram. Enquanto cada centímetro de Malévola queria voltar atrás ou subir ao céu e voar para longe, ela sabia que não podia. Olhando por cima do ombro, viu Aurora, cujo rosto estava radiante com a expectativa de ver Phillip.

Não, ela tinha que fazer isso.

Demorou apenas alguns instantes para chegarem à aldeia que ficava aos pés do Castelo de Ulstead. Enquanto caminhavam pela rua principal, ouviram as persianas batendo. Alguns aldeões se demoraram na rua, segurando tochas ameaçadoramente. Mas, além deles, a aldeia estava quase deserta.

– Uma recepção tão calorosa – disse Malévola, levantando uma sobrancelha enquanto olhava ao redor.

– Sejamos justos: você travou uma guerra no último reino humano que visitou – observou Diaval.

Malévola encolheu os ombros. Era verdade. Continuando, passaram por um grupo de meninos e meninas, que fita-

vam o trio, de bocas abertas e olhos arregalados. Dando-lhes um rápido sorriso – completo com presas –, Malévola deu uma risada quando eles gritaram e fugiram. Fora muito fácil. As crianças humanas eram criaturas tão facilmente assustáveis.

Por fim, o trio chegou ao portão principal. Ao passarem por um arco alto, Malévola notou os soldados em posição de sentido. Para um reino em paz, certamente pareciam preparados para a guerra. Lançando-lhes um olhar, Malévola continuou caminhando firme. Mas foi forçada a parar quando o Castelo de Ulstead apareceu à vista.

O castelo era gigante. As pontas das torres mais altas subiam bem alto no céu, e tudo ao redor também era enorme. Grandes arbustos podados alinhados na entrada mostravam uma coleção de animais selvagens ou domésticos. Lobos se encolhiam sob os cascos dos cavalos; elefantes se elevavam nas patas traseiras ao lado de cães uivando. Malévola não pôde deixar de pensar como aquilo era grotesco. Mostrando uma presa, Malévola seguiu em frente. Havia quase uma dúzia de armaduras, todas de tamanho exagerado. Nenhum ser humano de verdade poderia usá-las; serviam apenas como símbolos. E, pendurado no teto, havia um lustre enorme com pingentes de pedras preciosas e a cera escorrida de umas mil velas.

Quando entraram no saguão e desceram para o vestíbulo, Malévola estremeceu. Ao lado dos escudos de ferro e armas que cobriam as paredes, pendiam enormes pinturas, retratando cenas do homem contra a natureza. Um rei em uma caçada, seus cães perseguindo um cervo assustado. Outro rei e suas dezenas de soldados matando um enorme urso. Mais adiante, uma gigantesca tapeçaria de quase seis metros, representando São Jorge matando violentamente um dragão.

– Você consideraria me transformar em um urso? – Diaval perguntou, desviando a atenção de Malévola da arte. Sua voz, embora suave, ainda assim ecoava sob os tetos altos. – Acho que eu daria um urso bastante impressionante. Já viu as garras que eles têm?

Malévola lançou-lhe um olhar.

– Por que está falando sobre ursos? – ela perguntou, irritada. Então, reparou que o rosto dele havia empalidecido e ele parecia tão abalado quanto ela. Malévola sorriu ligeiramente quando percebeu que sabia a resposta. – Você está tentando me distrair.

– Eu pensei que ajudaria – disse Diaval com um encolher de ombros.

Por um momento, Malévola contemplou Diaval como um urso. Tentador, mas não. Ela balançou a cabeça.

– Não mesmo – finalmente disse. – De modo nenhum.

Diaval ainda estava rindo quando chegaram às portas do salão principal. Mas a risada morreu no momento em que as portas maciças se abriram. De pé do outro lado, Phillip e seus pais.

– Apresentando... rainha Aurora dos Moors! – Gerda anunciou.

Malévola espiou Aurora com o canto dos olhos. Ela amava a garota. Mas o custo parecia alto. Os chifres seriam apenas mais um preço que teria que pagar para deixar Aurora feliz e tranquilizar o rei e a rainha humanos? Respirou fundo e levantou a cabeça. Realmente seria muito melhor se aquilo fosse apenas um pesadelo e pudesse abrir os olhos e acordar.

Mas não havia como voltar atrás. O rei e a rainha não eram as crianças da aldeia. Eles não se assustariam com um sorriso de escárnio. Teria que representar um papel e esperar que a noite acabasse rapidamente. A menos se conseguisse se sentir "adoentada"... Observou Diaval. Por que ela não pensara nisso antes? Tomando fôlego, olhou para a frente. Teria que se lembrar disso na próxima vez que fosse forçada a bancar a legal com os pais de Phillip. Isto é, se houvesse uma próxima vez...

CAPÍTULO 6

O CORAÇÃO DE AURORA estava palpitando. Em todos os seus anos com Phillip, ela nunca havia conhecido seus pais ou ido ao seu castelo. E nunca tinha achado estranho... até agora. Parada ali na porta, Aurora se sentia pequena e provinciana. Tudo no palácio, no rei e na rainha de Ulstead berrava "opulência" e "elegância". Ela correu a mão nervosamente pelo vestido e se perguntou brevemente se deveria ter vestido outra coisa.

Mas então Phillip adiantou-se, um sorriso enorme estampado no rosto, e todas as dúvidas de Aurora se dissiparam. Pouco importava onde morava; ele a amava. *Isso* era tudo o que importava.

– Aurora – disse ele, tomando-lhe as mãos e abaixando a cabeça para que só ela pudesse ouvi-lo –, estou tão feliz em vê-la.

Sorrindo para ele, Aurora apertou suas mãos.

– Não consigo acreditar que você cresceu aqui – ela sussurrou. – É lindo.

– É como qualquer residência... com cinquenta e sete quartos – brincou ele, rindo. Sua risada a acalmou. É verdade, sua casa era maior do que todo o reino dela, mas isso não mudava quem ele era. E pelo menos ele conseguia rir do absurdo de tudo isso. Aurora sentiu seu amor por Phillip se intensificar.

Segurando-lhe a mão de forma tranquilizadora, Phillip endireitou-se e se virou para que ele e Aurora ficassem de frente para seus pais – juntos. O rei John, considerando o gesto sua deixa, deu um passo à frente. Imediatamente, o rei puxou-a para um enorme abraço.

– Aurora – disse ele, sua voz calorosa –, é verdadeiramente uma honra. Bem-vinda a Ulstead.

Aurora não pôde deixar de retribuir o sorriso para o pai de Phillip. Ele era uma versão menor e mais rotunda do filho, dotado de uma doçura quase infantil.

– O prazer é meu, Majestade – disse ela.

Afastando-se, Aurora se virou quando a rainha se adiantou. Ela sentiu uma pontada de nervosismo com a visão daquela bela mulher. À luz das velas na parede, as maçãs do rosto da rainha Ingrith eram pronunciadas e os olhos, frios. O vestido, prateado com centenas de pedras preciosas, resplandecia e fazia Aurora mais uma vez se sentir simples. Mas então a mulher sorriu e estendeu a mão.

– Uma menina tão bonita – disse ela, sua voz suave. – Posso ver por que roubou o coração de Phillip.

Quando Aurora se moveu para pegar a mão dela, a rainha espirrou. Aurora deu um passo para trás, assustada.

– As flores no seu cabelo – explicou a rainha Ingrith, cobrindo o nariz. – Sou alérgica.

– Sinto muito, Majestade – Aurora apressou-se em dizer, levando a mão timidamente à cabeça. Ela havia se esquecido de que Phillip mencionara que a mãe era alérgica a tudo. Mas, antes que pudesse dizer qualquer outra coisa, ouviu passos.

– Apresentando – anunciou Gerda em voz alta: – Malévola.

Um momento depois, Malévola entrou na sala. Suas poderosas asas arrastavam-se pelo chão enquanto caminhava adiante. A expressão em seu rosto era indecifrável. Diaval vinha logo em seguida, o próprio rosto um livro aberto enquanto assimilava ansiosamente o ambiente.

– Olá, Malévola – disse Phillip, avançando. – É maravilhoso vê-la novamente. – Aurora olhou para ele, agradecendo-lhe em silêncio. Ela sabia que esse momento era tenso para ele também. Mas o príncipe estava, como sempre, lidando com a situação como um cavalheiro. Gesticulando para os pais, ele continuou: – Este é meu pai, o rei John de Ulstead. E minha mãe, a rainha Ingrith.

– Bem-vinda à nossa casa – saudou o rei John calorosamente.

Malévola não se mexeu. Aurora prendeu a respiração quando observou a madrinha fixar os olhos na rainha Ingrith, que também a encarava. Houve uma longa pausa, durante a qual Aurora teve certeza de que algo terrível aconteceria. E então, para sua surpresa, Malévola curvou levemente a cabeça.

– Que gentileza a sua me convidar para esta noite – disse ela.

Aurora quase desmaiou de alívio e articulou com os lábios um pequeno e silencioso agradecimento a Diaval. Sabia que ele era o responsável por aquilo.

Alheio a qualquer tipo de tensão, o rei John sorriu amplamente.

– Imagino que não teve problemas em encontrar o castelo.

Malévola trocou um olhar com Diaval. Aurora sabia exatamente o que isso significava. Obviamente, a orientação de Diaval fora apenas até o primeiro olá, mas não cobria um bate-papo casual. Voltando-se para o rei, Malévola levantou uma sobrancelha.

– Por quê? – ela perguntou. – Deveria ter?

Diaval interveio, tentando salvar o momento:

– Problema nenhum.

— Este é Diaval — disse Aurora, apresentando o amigo, já que ninguém mais o fez. Ela não se incomodou em mencionar que na verdade ele era um corvo na forma humana. Imaginou que era algo que poderiam abordar mais tarde.

A rainha Ingrith assentiu.

— Obrigada por terem vindo. Por favor, sintam-se em casa.

Naquele momento, o som de um sino soou e um criado anunciou que o jantar seria servido. Respirando aliviada, Aurora seguiu o rei e a rainha enquanto caminhavam pelo corredor. Malévola sobrevivera às apresentações. Agora só tinham que jantar. Quão difícil isso poderia ser?

Velas iluminavam uma grande mesa no meio de uma sala de jantar igualmente imensa. No canto, um grupo de músicos tocava baixinho enquanto criados corriam para lá e para cá, abastecendo a mesa com comida e bebida. Apesar das dezenas de velas e pesadas cortinas que cobriam as janelas, a sala parecia estranhamente fria. Aurora teve a impressão de que era grande demais para chegar a ser aquecida.

Aurora seguiu Gerda até o seu lugar e sentou-se ao lado de Diaval. A soldada gentilmente empurrou-a em seu assento, então recuou e se moveu para ficar ao lado de Percival. Aurora assentiu com a cabeça para o general, a quem ela só conhecia de vista, mas de quem ouvira falar muito por meio de Phillip. O jovem parecia ansioso, o rosto franzido quando retribuiu o cumprimento.

Do outro lado, Phillip e os pais também foram conduzidos a seus assentos. Enquanto Aurora se sentia desconfortável com a formalidade, a família real parecia completamente à vontade. *Eles provavelmente comem assim todas as noites*, a garota pensou antes de se virar para ver Malévola se aproximar da mesa. A cadeira destinada a ela era ornamentada, com um espaldar alto e braços pesados. Aurora deu-se conta de que não havia como Malévola sentar-se com as asas. Por sorte, Diaval chegara à mesma conclusão e, pondo-se de pé, encontrou um banquinho para substituir a cadeira. Assentindo para ele, Malévola se sentou, recolhendo suas enormes asas negras atrás de si. As pontas de suas asas erguiam-se atrás dela, fazendo com que parecesse que estava sentada em um trono negro ainda mais alto do que os do rei John e da rainha Ingrith.

Quando Malévola se acomodou, uma enorme gata, Arabella, chegou preguiçosamente. Olhando para Diaval, ela subiu em sua própria cadeira e começou a ajeitar os pelos.

Instantes depois, os criados depositaram pratos de ouro na frente dos convidados. Aurora olhou para baixo, im-

86 | Malévola: dona do mal

pressionada. Ela sabia que aquele era um jantar importante, mas não esperava um tratamento tão requintado. Mas então, considerando o que tinha visto do castelo até agora, talvez fosse apenas o padrão real. Levando a taça, também de ouro, até os lábios, Aurora bebeu enquanto analisava o restante da mesa. Tudo era opulento, dos pratos e castiçais dourados às múltiplas peças de prataria. Os criados, em seguida, trouxeram uma quantidade inacreditável de comida, cada prato coberto por cúpulas metálicas. Mas, se por um lado a mesa estava cheia, por outro Aurora notou que faltava alguma flor ou decoração natural. Sempre que organizava um jantar em Moors, sua mesa ficava repleta de flores.

Satisfeita por todos estarem prontos, Ingrith retirou lentamente a tampa do primeiro prato. Nele jazia uma ave de caça inteira. Aurora engoliu em seco nervosamente enquanto observava a reação de Malévola.

– Ave assada – comentou a fada das trevas. – Delicioso.

Ao lado dela, um criado depositou outra ave inteira na frente de Diaval. O homem encarou-a, horrorizado, e Aurora sentiu uma onda de solidariedade. Não havia como Diaval comer um parente. *Ele* era um pássaro. Mas, para o crédito de Malévola, ela estava tentando. Aurora observou a madrinha apanhar o garfo. Mas, assim que os dedos de

Malévola tocaram o utensílio, ela abriu a boca em choque e o colocou de volta na mesa.

— Malévola? — perguntou a rainha Ingrith. — Algum problema?

— Ferro — disse simplesmente Malévola.

Aurora mexeu-se com desconforto em seu assento.

— Majestade, assim como você é sensível à natureza, ela tem aversão ao ferro — a rainha dos Moors esclareceu da forma mais gentil possível.

— Eu não fazia ideia! Retire isso imediatamente! — ordenou a rainha Ingrith a um criado. Se por um lado ela parecia desculpar-se pelo ocorrido, por outro havia algo de indiferente em sua voz. Então, olhou de volta para Malévola. — Eu sou alérgica a todas as formas da natureza. Até mesmo um raio de sol pode prejudicar a minha pele.

O rei John deu uma mordida enorme em sua própria ave, engoliu e depois riu.

— Vocês já conheceram alguém que prefere a escuridão? — ele perguntou, tentando fazer uma piada. — Que fica acordado a noite toda?

— Sim — disse Malévola sem alterar a voz. — Morcegos.

Os olhos de Ingrith se estreitaram com o golpe.

— Acredito que vai se sentir confortável usando as mãos para comer, não é? — Seu tom era leve, mas Ingrith

88 | Malévola: dona do mal

claramente pretendia insultar Malévola com a observação. A fada das trevas, afinal de contas, não era exatamente humana.

Aurora olhou para Phillip. Seus olhos se encontraram e ela silenciosamente implorou que ele fizesse algo. Entendendo a súplica, Phillip tentou mudar de assunto:

– Tem feito um calor bem agradável por esses dias.

– Sim, é verdade! – Aurora exclamou, a voz soando excessivamente ansiosa até para os próprios ouvidos.

O rei John parecia alheio a tudo isso. Ele bateu o garfo em sua taça. Como o objeto era feito de ouro maciço, os toques produziram um som mais duro e seco do que um tinido alegre. Mas o barulho chamou a atenção de todos.

– Gostaríamos de oferecer um pequeno presente para Phillip e Aurora, para celebrar seu glorioso futuro juntos. – A seu sinal, um criado entrou empurrando sobre rodinhas um enorme berço de ouro maciço todo ornamentado e colocou-o no meio da sala. – Ingrith o escolheu ela própria.

Aurora e Malévola olharam para o berço por um longo momento, as duas pensando a mesma coisa: não era adequado para um bebê. Os berços devem ser confortáveis e aconchegantes. Que tipo de bebê poderia sentir-se tranquilo em algo assim?

— É... adorável — Aurora finalmente disse, demorando um pouco para recuperar a voz e os bons modos.

Ingrith parecia satisfeita.

— Mal posso esperar para ter um pequeno correndo pelo castelo de novo.

Aurora tentou não parecer surpresa. Embora Phillip nunca houvesse dito uma palavra ruim sobre a mãe, nunca dissera nada excessivamente carinhoso também. Em mais de uma ocasião, ele havia insinuado que era mais afeiçoado e ligado ao pai porque a mãe era distante. Aurora teve dificuldade em imaginar Ingrith brincando de pegar com um pequeno Phillip. Na verdade, não conseguia imaginar isso nem um pouquinho. Mas a declaração também fora perturbadora. Ela e Phillip nunca haviam conversado sobre filhos. Afinal, tinham acabado de ficar noivos. Além disso, presumia que uma possível criança seria criada em Moors, como ela.

Parecia que Malévola concordava. Arrastando os olhos do berço de ouro, ela voltou seu olhar frio para Ingrith.

— *Neste* castelo?

Ingrith assentiu.

— Claro — ela respondeu, o tom tão gelado quanto o olhar de Malévola. — Este será o lar deles.

Malévola olhou para Aurora. Ela ergueu uma sobrancelha perfeitamente arqueada como se dissesse: *Ah, é mesmo?*

90 | Malévola: dona do mal

Mas, antes que Aurora pudesse responder, o rei John continuou:

– Ouvimos dizer que Aurora tem seu próprio castelo.

– Sim, estou curiosa – acrescentou Ingrith. – Como Aurora se tornou rainha dos Moors?

Malévola pegou o item de aparência mais inofensiva em seu prato – um solitário caule de aspargo – e o mordeu, produzindo um estalo que ecoou pela sala excessivamente grande.

– Eu a nomeei rainha – ela se limitou a responder.

– O castelo dela é bastante impressionante – comentou Phillip, olhando para os pais. – Vocês precisam vê-lo.

Aurora queria abraçá-lo. Ele estava se esforçando muito para manter a conversa leve. Ingrith, porém, estava atrás de algo, e não seria dissuadida.

– Mas, na verdade – continuou –, ela tem outro castelo, não é?

– Mãe... – Phillip advertiu.

Ingrith ignorou-o e prosseguiu:

– Há um em Moors... e um deixado pelo pai dela. Rei... Stefan, não é?

À menção do nome do homem, Aurora e Malévola se enfureceram. Respirando fundo, Aurora tentou acalmar o coração acelerado. Ela não sabia ao certo por que a mãe

Elizabeth Rudnick | 91

de Phillip sentiu a necessidade de trazer o passado à baila, mas não iria deixá-lo estragar o presente. Enfrentando com galhardia a situação, ela assentiu e disse:

– Aquele castelo nunca foi meu lar. Foi dado ao povo.

– Então você também é uma princesa de verdade – disse Ingrith, insistindo –, embora Stefan tenha morrido... ou ele foi morto? Refresque-me a memória: ele morreu ou foi morto?

Qualquer simpatia que houvesse permeado a parte anterior do jantar evaporara-se. Ao ver as bochechas rosadas de Aurora perderem um pouco a cor, Malévola franziu a testa.

– As duas coisas – retrucou.

A sala ficou em silêncio. Os olhos de Ingrith estavam fixos em Malévola, enquanto os de Malévola estavam colados à sua afilhada. Aurora, enquanto isso, apenas olhava para o colo, desejando que suas lágrimas não caíssem. Ela odiava pensar naquela noite, anos atrás. Recebera tanto – o amor de Malévola, Moors, Phillip –, mas o custo fora alto. Em uma noite que deveria ser sobre o futuro, ela estava infeliz, pensando no passado.

– Porque eu me lembro da história de um bebê – continuou Ingrith. – Um bebê amaldiçoado para dormir e jamais acordar. – Enquanto ela falava, seus olhos permaneciam fixos em Malévola. Ficou claro que a rainha sabia que havia algo mais na história. Mas o quê?

Alheio, o rei John colocou a mão no coração.

– Céus, quem faria tal coisa com uma criança inocente? – ele perguntou, parecendo verdadeiramente horrorizado.

Aurora teria sorrido se não estivesse tão chateada. Ele de fato não tinha ideia do que estava acontecendo.

Mas Malévola, sim.

– Há muitos que atacam os inocentes, como, sem dúvida, gente do seu tipo haveria de concordar.

– Meu tipo? – Ingrith disse. – Você quer dizer *humanos*?

Aurora estava farta. Erguendo os olhos, ela tentou pôr fim àquela conversa de uma vez por todas.

– Vamos apreciar a música? – ela sugeriu. Ao mesmo tempo, Phillip levantou a mão, sinalizando outra rodada de bebidas.

Mas não havia nada que pudessem fazer. A conversa não seria interrompida.

– Temos fadas desaparecidas – continuou Malévola. – Roubadas por caçadores humanos.

– É a primeira vez que ouço isso – o rei John disse, parecendo verdadeiramente surpreso.

Malévola encolheu os ombros pálidos e magros de maneira quase imperceptível.

Elizabeth Rudnick | 93

Num piscar de olhos, Ingrith se agarrou ao gesto da fada das trevas. Esperava que algo assim acontecesse. Havia alegria em seus olhos e excitação em sua voz quando falou:

— Parece que está acusando Sua Majestade — disse ela, fingindo preocupação.

— Alguém deu a ordem — respondeu Malévola.

Instantaneamente, Ingrith pôs-se de pé, apontando para Malévola.

— Como você se atreve a acusar o rei!

A mesa explodiu num vozerio. Enquanto Phillip corria em defesa de Malévola, o rei perguntava em voz alta por que alguém se daria ao trabalho de roubar uma fada. Ingrith, enquanto isso, continuava com suas acusações. As únicas que não falavam nada eram Aurora e Malévola, mas os olhares que trocavam diziam muito.

Percival deu um passo à frente e pigarreou, chamando a atenção dos demais. Aurora se virou. Ela o conhecia apenas das histórias de Phillip. Mas não gostou do que sentiu. Suas suspeitas foram confirmadas quando ele finalmente falou:

— Majestade, devo informar que dois camponeses foram encontrados mortos do lado de fora de Moors. Eles estavam desaparecidos há vários dias.

— Entendo — disse o rei John, embora não estivesse claro se entendia.

Mas Ingrith se alvoroçou com a notícia.

— Sim, *todos* nós entendemos. As fronteiras estão abertas, mas os humanos não são bem-vindos! Não é isso?

Aurora ouvira o suficiente. Ela tentara evitar a conversa sobre o pai. Ela tentara fingir que o berço não era um jogo de poder velado. Mas não podia ficar ali sentada e calada enquanto Ingrith fazia declarações temerárias e erradas sobre o seu reino.

— Posso perguntar o que está querendo dizer, Majestade? — questionou ela, mantendo a voz calma.

— Homens inocentes estão sendo abatidos no seu reino — respondeu Ingrith —, e *ela* está falando sobre fadas!

Naquele momento, a gata Arabella, que havia passado grande parte do jantar debaixo da mesa aos pés de Diaval, perturbando-o, aproveitou o momento para saltar e atacá-lo. Diaval gritou enquanto procurava se desviar. Pouco antes de as longas garras da gata alcançarem o rosto de Diaval, Malévola lançou um jato de magia verde, erguendo-a no ar, acima da mesa, onde ficou pairando como um lustre felino.

— *Contenha* o seu animal — disse Malévola, num tom gélido —, ou eu cuido de fazê-lo.

— Se eu não a conhecesse — Ingrith falou, observando a cena —, diria que está fazendo uma ameaça.

Elizabeth Rudnick | 95

— Bem, e então? – Malévola perguntou.

A rainha Ingrith levantou uma sobrancelha.

— Então o quê?

— Conhece mesmo?

O rei John bateu com a mão na mesa.

— Já chega! – ele gritou, finalmente parecendo o rei. – Estamos aqui para celebrar.

Malévola libertou Arabella. A gata caiu sobre a mesa e depois pulou e se escondeu debaixo da cadeira de Ingrith.

A rainha de Ulstead assentiu.

— Perdoe-me. Ele tem razão. Devemos lembrar por que estamos aqui. Gostaria de fazer um brinde: ao começo de uma nova vida... para Aurora. – Ela fez uma pausa, levantando a taça e os olhos, de modo que se fixassem em Malévola. – Você fez um trabalho admirável, Malévola, indo contra sua própria natureza para criar esta criança. Mas agora ela finalmente terá o amor de uma família de verdade. Uma mãe de verdade. – A rainha fez uma pausa e o ar pareceu ficar pesado. Aurora se mexeu em seu assento. Ela se sentia desconfortável, como se estivesse ouvindo uma conversa que não deveria. – Porque essa é a única coisa de que me arrependo. Nunca ter tido uma filha. Mas esta noite isso muda. A partir desta noite, considero Aurora... minha.

96 | Malévola: dona do mal

CAPÍTULO 7

MALÉVOLA OLHOU PARA a pálida e frágil mulher à sua frente. Como ela se atrevia? Como se atrevia a sentar-se ali com seu vestido espalhafatoso e lançar acusações veladas por trás de falsos elogios? Será que Ingrith realmente não fazia ideia do que Malévola era capaz, de que magia ela controlava? Será que ela achava que poderia dar um único jantar e levar Aurora embora assim num estalar de dedos? Ela realmente achava que seria a mãe de Aurora?

Não. Ingrith era uma idiota. E isso era tudo que ela continuaria a ser.

Mas, infelizmente, era uma idiota que não parava de falar. E a cada palavra, a paciência de Malévola diminuía e sua raiva aumentava.

Lentamente, a fada das trevas se levantou. Quando pegou seu cajado na mão, ele começou a brilhar, iluminando o seu rosto – e tudo ao redor – com um misterioso tom de verde. O vento soprava pela sala, embora nem uma única janela estivesse aberta. Velas bruxulearam e foram apagadas quando o lenço na cabeça de Malévola escorregou, revelando os grandes chifres negros.

Ouviu a voz de Aurora pedindo-lhe que parasse, mas não conseguiu. Ela tentara jogar bem o jogo. Concordara com aquela farsa ridícula por amor a Aurora. Mas não iria ficar lá sentada enquanto Ingrith ameaçava tirar a única família que jamais teria. Aurora era dela. Ela nunca faria parte da família de Ingrith – não se Malévola pudesse evitar.

Empurrando para trás seu assento, Ingrith levou uma mão ao peito enquanto mais magia verde girava.

– Abrimos nossa casa para uma bruxa! – ela exclamou. Então, acenou para Percival e Gerda. – Devemos proteger o rei!

Quando Percival saiu para buscar ajuda, Gerda deixou o salão. Malévola não prestou atenção a nenhum dos dois. Seus olhos permaneceram focados no rei e na rainha. Toda a bondade desaparecera do rosto do rei John. Naquele momento, Malévola pôde ver como o rei havia conquistado o controle de reinos mais fracos por meio de suas guerras.

– Malévola! – ele gritou. – Você deve ir embora imediatamente!

Em resposta, Malévola abriu as asas. Ela nunca aceitaria ordens de *nenhum* rei – nunca. Atrás dela, as portas se abriram e uma dúzia de guardas reais irrompeu, liderados por Percival. Uma batida de suas asas os enviou voando de volta. Mergulhando pela porta aberta, Diaval desapareceu. Malévola só podia esperar que ele encontrasse seu caminho para a segurança. Ela não tinha tempo para mais nada.

Levantando-se, o rei John colocou uma mão tranquilizadora no braço de Ingrith, que estava encolhida junto a ele. A fumaça verde engrossou e começou a girar em torno dos pés de Malévola enquanto sua raiva continuava a crescer. Ingrith poderia se acovardar e tremer o quanto quisesse. Não conseguiria nada com isso.

– *Não* haverá casamento! – a voz de Malévola trovejou.

Ingrith soltou um grito fraco e desmoronou contra o marido.

– John – ela disse, com a voz trêmula –, estou tão assustada.

O rei, segurando a esposa, estremeceu ligeiramente e depois olhou outra vez para Malévola.

– Eu disse para ir embora. – Mas, enquanto ele falava, seu rosto empalideceu e seu abraço a Ingrith se afrouxou. – O que ela fez? – ele murmurou. Então, desabou no chão, caindo inconsciente diante do berço de ouro que tinha começado tudo aquilo.

Elizabeth Rudnick | *101*

Caindo de joelhos, Ingrith tentou acordar o rei. Mas ele não se mexeu. Quando Phillip correu, Ingrith se virou e apontou para Malévola.

– Uma maldição! – ela gritou. – Malévola amaldiçoou o rei!

Malévola deu um passo involuntário para trás. O rei havia caído sozinho. Ela estava do outro lado da sala.

– Eu não fiz isso – começou a protestar.

Mas Ingrith a interrompeu:

– Uma maldição! – A palavra ecoou no salão silencioso.

Malévola olhou para a cena diante dela. Phillip tentava, em vão, acordar o pai, enquanto Ingrith a encarava com olhos frios e acusadores. Imagens de muito tempo antes, quando fora injustamente acusada, passaram pela sua mente. Ela começou a sacudir a cabeça. Não. Aquilo não estava acontecendo. Aquilo não poderia estar acontecendo outra vez. Lentamente, ela se virou, procurando apoio de Aurora. Mas viu que a garota estava paralisada.

Os olhos de Aurora estavam fixos no rei caído. Então, ela levantou a cabeça bem devagar, virando até seus olhos se encontrarem com os de Malévola.

– Isso não foi obra minha – esclareceu Malévola, sem saber por que tinha que dizer as palavras em voz alta. Aurora deveria saber que ela não faria uma coisa dessas.

– Ele simplesmente pediu para você ir embora! – Aurora disse, com a voz cheia de angústia. – Acorde-o! Acorde-o agora mesmo!

– Aurora – disse Malévola, estendendo a mão. O lugar delas não era ali. Ela havia dito isso o tempo todo. Podia cobrir os chifres e bancar a simpática, mas aquele era um jogo tolo e sem sentido... e agora alguém havia perdido. Era hora de ir. Aurora viria com ela e deixaria aquele lugar horrível. Era isso que aconteceria. Ela estendeu a mão novamente.

Aurora recuou.

O movimento foi tão doloroso para Malévola quanto se Aurora a tivesse esbofeteado. Malévola sentiu algo rasgando seu peito, e levou um momento para perceber que era o próprio coração sendo partido. Aurora – a garota que conhecia melhor do que ninguém, a humana que lhe dera esperança – era agora uma espécie estranha. A dor se aguçou quando Aurora se juntou a Phillip e sua mãe. Enquanto os três se reuniam ao redor do rei John caído, pareciam o retrato de uma família.

O som de passos arrancou Malévola da dor. Olhando em volta, ela viu que os guardas começavam a levantar as armas. Não tinha escolha. Se ficasse, os guardas a levariam prisioneira – ou pior.

Com um último olhar para Aurora, Malévola abriu as asas e, levantando-se no ar, voou em direção a uma janela alta. Quebrando a vidraça, irrompeu no céu noturno.

Enquanto uma chuva de cacos de vidro caía lá embaixo, Malévola batia as asas e se dirigia para Moors. Mas, então, algo subitamente passou zunindo. Espiou por cima do ombro e viu Gerda parada no alto do castelo. Em seus braços, segurava uma enorme besta. Enquanto a fada das trevas observava, Gerda armou de novo o arco e atirou outra flecha. Malévola saiu do caminho. Virando-se, levantou as mãos, pronta para lançar sua magia contra Gerda. Mas, para sua surpresa, a soldada não parecia preocupada. Ela colocou um pequeno objeto redondo no arco. Mais uma vez, a mulher mirou e disparou. Só que, agora, em vez de uma flecha, uma bala atravessou o ar.

O projétil se deslocou tão rápido que a fada não teve tempo de evitá-lo. Um momento depois, gritou quando foi atingida na barriga. Sua carne chiou e soltou fumaça quando o ferro a encontrou. Tentando fugir, Malévola bateu mais forte as asas. Porém a dor era demais. Ela pairou no ar por mais um instante antes de mergulhar nas profundezas frias e turvas do rio. Malévola lutou contra a corrente. Cada braçada era excruciante. Não tinha escolha senão deixar a água levá-la. Sem resistência, a corrente

104 | Malévola: dona do mal

a carregou rapidamente para a grande cachoeira ao fim do rio. Escoando por sobre um alto penhasco, a água era despejada – com Malévola junto – no oceano lá embaixo.

A última coisa que a fada das trevas viu antes que a dor a subjugasse foi Gerda olhando do alto do castelo, com uma expressão triunfante. No que lhe dizia respeito, a poderosa Malévola não existia mais.

Dentro do castelo, o rei foi levado aos seus aposentos. Aurora e Phillip observaram enquanto os guardas gentilmente colocavam o homem desacordado em seu leito e, em seguida, se ajoelharam ao lado. A rainha permaneceu de pé, as mãos entrelaçadas à frente, enquanto o médico real começava o exame.

– Em se tratando de magia... não temos ferramentas para reverter – disse ele enquanto trabalhava. – Deve haver alguma lesão... prova de sua bruxaria! – Ele começou a levantar a manga do rei.

– Por favor – disse Ingrith, finalmente se movendo –, deixe Sua Majestade com sua dignidade. Todos nós vimos o que ela fez. – Levou a mão à boca, como se a simples lembrança fosse demais para suportar. Na verdade, preci-

sava impedir que qualquer pessoa visse o sorriso satisfeito. Tantas coisas tinham corrido mal no decorrer do jantar, mas algumas haviam dado deliciosamente certo.

Aurora se levantou e se aproximou de Ingrith. A rainha se obrigou a não recuar quando a garota estendeu a mão e tocou o seu braço.

— Eu sinto muito, Majestade — disse Aurora, com a voz cheia de angústia verdadeira.

— Uma maldição sobre o nosso rei é uma maldição sobre o nosso reino. Tudo o que ele queria era paz — disse Ingrith.

Essas palavras fizeram o remorso de Aurora crescer dez vezes.

— Isso é minha culpa — ela começou.

Mas a rainha a interrompeu. Ela precisava que Aurora a visse como uma figura bondosa e confiável. Precisava ter certeza de que a garota a amaria, não Malévola.

— Você não tem nada para se desculpar, minha querida — afirmou a rainha. — Uma linda rosa não é responsável por seus espinhos.

Então Ingrith se aproximou da cabeceira do rei. Com o canto do olho, ela viu Phillip segurar a mão de Aurora para confortá-la.

— Malévola é uma ameaça para todos — continuou Ingrith. Ela olhou de volta para Aurora. — Especialmente para você. Faremos o possível para protegê-la. – Sorriu quando Aurora pareceu se encolher. Ótimo. Ela queria que Aurora ficasse assustada. Preocupada. Tornaria seu trabalho mais fácil.

– Deve haver uma forma de reverter isso – disse Phillip.

Ingrith sentiu uma pontada momentânea de culpa quando viu a devastação no rosto dele. Mas o arrependimento desapareceu quando o filho falou novamente:

– Mãe, você já tentou beijá-lo? O amor verdadeiro...

– Duvido que funcione – Ingrith apressou-se em dizer.

– Por favor – Phillip implorou.

Ingrith reprimiu um lamento. Ela achava a noção ridícula de romance do filho – e do marido – incrivelmente irritante.

– Um beijo é apenas um beijo – afirmou categoricamente.

– Poderia salvá-lo – acrescentou Aurora.

A essa altura, todos na sala estavam olhando para Ingrith. Ela não tinha escolha. Se recusasse, pareceria sem coração, e precisava de que todos acreditassem que ela se importava.

– Muito bem – concordou, aproximando-se da cama.

O médico se afastou enquanto ela se postava de pé ao lado do marido. Inclinando-se, tentou controlar a repulsa enquanto levava a mão flácida do homem ao próprio rosto. Ela beijou-a rapidamente antes de largá-la de volta na

cama. Mas, quando olhou para trás, viu que Phillip, Aurora e os outros ainda estavam observando com expectativa.

Ela realmente teria que beijá-lo.

O pensamento fez seu estômago se revirar. Mas não havia outro jeito. Mais uma vez, ela se inclinou. Pairando perto do rosto do rei, sussurrou baixinho:

– Seu homenzinho patético. Você queria paz... agora descanse em paz para sempre. – Então, beijou-o nos lábios. Endireitando-se, ela esperou um instante. Quando nada aconteceu, a rainha forçou lágrimas em seus olhos e se voltou para o filho. – Eu falei. Isso não é um conto de fadas.

A essas palavras, Aurora se dirigiu para a porta.

– Eu tenho que voltar para Moors – disse ela. – É a única maneira.

– Aurora! – Phillip chamou-a, correndo atrás. – Espere!

O rosto de Aurora estava tomado pela emoção enquanto olhava de Phillip para o rei e do rei para a rainha.

– Eu tenho que ir até ela, Phillip.

– Estamos no meio da noite – disse Phillip.

Aurora sacudiu a cabeça.

– Ela vai quebrar a maldição. Sei que vai.

– Então, eu vou com você – proclamou o príncipe sem demonstrar dúvida.

108 | Malévola: dona do mal

– Eu preciso vê-la sozinha – disse Aurora gentilmente. – E você deve ficar com sua família. – Ela sorriu para Phillip, com lágrimas nos olhos.

Por dentro, o estômago de Ingrith se revirou com a emoção entre os dois. Ela realmente teria que fazer algo a respeito de Phillip e de seu coração fraco.

Phillip franziu a testa.

– *Você* é minha família – disse ele, sem desistir.

Com essa, Ingrith achou que já bastava. As coisas seriam mais fáceis sem Aurora por perto.

– Deixe-a ir, Phillip – aconselhou. – Talvez ela possa salvá-lo.

Aurora lançou à rainha um olhar agradecido.

– Por favor – ela solicitou, virando-se para um dos guardas –, eu vou precisar de um cavalo.

Aurora seguiu um guarda para fora do quarto e Ingrith ficou satisfeita ao vê-la partir. Sim, as coisas estavam realmente se moldando bem. Agora que Aurora estava a caminho de Moors, Ingrith poderia continuar seu trabalho.

CAPÍTULO 8

MOORS NUNCA PARECEU tão distante.

Quando o cavalo branco que Aurora montava finalmente se embrenhou através dos pântanos escuros e silenciosos, ela gritou desesperadamente por Malévola. Mas não obteve resposta. Quando chegou ao castelo e galopou pela ponte feita de árvores e folhas, lágrimas escorriam por suas bochechas. A lua cheia banhava o castelo verde com uma luz branca e brilhante. Em qualquer outro momento, ela teria se maravilhado com a beleza daquilo, mas agora tudo o que conseguia enxergar era o vazio.

Como tudo poderia ter dado tão terrivelmente errado? Ela não esperava que o jantar fosse perfeito. Teria sido loucura achar isso. Mas jamais poderia ter previsto o desastre. Ou suas consequências.

– Malévola! – gritou Aurora, saltando do cavalo rapidamente e correndo para dentro do castelo. – Malévola! – A única resposta que conseguiu foi o próprio eco. Não havia ninguém lá.

Aurora foi tomada por uma onda de pânico enquanto retornava para a ponte. Seus olhos examinaram os pântanos ao redor antes de se voltarem para o alto despenhadeiro que dominava a fronteira mais distante. Era o local favorito de Malévola. Talvez ela tivesse ido para lá.

– Madrinha! Por favor – insistiu Aurora; a dor era tão profunda. – Volte.

Chamou incontáveis vezes, mas a fada não apareceu. Por fim, exausta – mental e fisicamente –, Aurora sentou-se nos degraus do castelo. Ela deixou as lágrimas se derramarem quando Pingo apareceu e se enrolou ao lado dela. Encontrando um pouco de consolo na companhia do pequeno fada-macho ouriço, Aurora distraidamente correu os dedos ao longo do dorso da criaturinha. Ouvindo passos, ela se virou esperançosa. Mas era apenas Diaval.

– Ela não está aqui – informou ele enquanto se aproximava. – Ninguém a viu. – Ele parecia tão triste quanto Aurora se sentia.

Ela se levantou, correu até ele e atirou os braços ao seu redor. No meio do terrível jantar, não havia percebido que ele desaparecera. Agora, estava feliz que ele tivesse feito isso. Ela precisava de um amigo.

– Diaval – disse Aurora, abraçando-o com força. – Estou muito feliz em ver você.

Diaval retribuiu o abraço, os braços magros tremendo. Malévola era tão importante para ele quanto para Aurora.

— Ela não está em parte alguma — contou ele, afastando-se depois de um momento. — E se nunca mais voltar?

— Tenho que encontrá-la — disse Aurora. *Tenho que fazê-lo porque isso é tudo culpa minha*, acrescentou em pensamento.

— Você? — surpreendeu-se Diaval. — E quanto a mim? Eu poderia ficar preso como ser humano para sempre! Olhe para mim, eu estou horrível!

Sua tentativa de amenizar o clima funcionou por um momento. Aurora sorriu brevemente. Mas então balançou a cabeça.

— Ela precisa quebrar a maldição! É a única maneira.

Diaval franziu a testa.

— Você já considerou a possibilidade de...

— O quê? — Aurora o interrompeu, confusa.

— De que não fosse uma maldição dela — sugeriu Diaval suavemente.

Aurora balançou a cabeça. Ela estava lá. Ela viu a magia esverdeada de sua madrinha e testemunhou a ira em seus olhos. Sabia o quanto Malévola odiava os humanos e como estava furiosa.

— Quem mais poderia fazer uma coisa dessas? — ela finalmente perguntou. *Não*, pensou quando Diaval não

Elizabeth Rudnick | 113

respondeu. Ele estava errado. Malévola *havia* amaldiçoado o rei.

E isso significava que ela poderia consertar. Poderia consertar tudo, se Aurora soubesse para onde a fada das trevas tinha ido.

Malévola estava deitada em algo macio. Ela podia senti-lo pressionando contra sua pele, mantendo-a quente e confortável. Não ousou abrir os olhos. Ainda não. Temia, se o fizesse, descobrir que o calor era um sonho.

A fada das trevas tinha apenas vagas lembranças dos momentos que se seguiram após ter sido baleada. Lembrava-se de ter caído pelo que pareceu uma eternidade e a sensação da água quando se chocou contra ela. Recordava-se de ter visto a soldado na torre e então seus olhos se fechando quando o peso da água e a dor do ferimento se tornaram muito intensos e ela foi arrastada pela corrente até que passou por uma enorme cachoeira. Mais uma vez, ela havia caído, só que, dessa vez, para mergulhar na água mais fria do oceano além de Ulstead. Apanhada pela corrente, Malévola ficou à deriva.

E então alguém, ou alguma coisa, puxou-a da água. Ela se lembrava de ter sido içada para o céu e o som

de asas batendo próximo de seus ouvidos. Podia jurar que havia uma luz azul tremeluzente e então o vento em suas bochechas. Seus olhos se abriram ligeiramente um pouco mais tarde, e ela teve apenas leves vislumbres de imensas e imponentes rochas e ondas se quebrando antes de quem quer que a estivesse carregando arremeter para dentro do que parecia uma caverna. Então, seus olhos se fecharam mais uma vez quando ela cedeu à dor esmagadora.

Agora estava deitada, tentando entender o que havia acontecido. Por fim, abriu os olhos. A confortável cama era feita de musgo. Um teto alto e curvo, feito de vegetação bem entrelaçada, elevava-se acima, proporcionando ao aposento um calor natural. Ouvindo um intenso zunido atrás, Malévola tentou se sentar.

Mas, quando o fez, sentiu uma fisgada de dor. Deitada de costas, depositou a mão, com cautela, sobre o ferimento. Ele havia sido limpo e coberto, envolvido por uma atadura feita de casca de árvore. Alguém evidentemente cuidara dela.

Mas quem?

Ouvindo vozes do lado de fora do aposento, Malévola mudou de posição no lugar, nervosa. Enroscando-se firmemente entre suas asas, ela se forçou a sentar-se. As vozes estavam ficando cada vez mais altas, mais acaloradas. Pela primeira vez na vida, Malévola estava assustada.

Cuidadosamente, baixou os pés no chão. A dor era terrível, mas queria estar de pé quando os donos das vozes se revelassem. Caminhando devagar, ela se dirigiu para uma abertura circular na parede. Espiando, viu-se olhando para um túnel escuro e vazio.

Respirando fundo, Malévola entrou no túnel. Ela podia ver uma leve iluminação na outra extremidade e foi mancando nessa direção. Quando a luz ficou mais brilhante, o túnel se alargou, finalmente se abrindo em um enorme círculo cavernoso. Os olhos de Malévola se arregalaram quando observou que o aposento subia e subia, suas laterais cobertas de galhos. Era como se estivesse dentro do ninho de um pássaro gigante.

Seus olhos ficaram ainda mais arregalados quando viu, de pé no meio do ninho, dez figuras imponentes. Cada uma tinha um grande par de chifres na cabeça e pesadas e escuras asas dependuradas nas costas.

Fadas das trevas.

Malévola ofegou. Pareciam-se exatamente com ela. Mas como seria possível? Ela achava que era a única de sua espécie. Quando se aproximou, viu que um daqueles seres, um macho, estava segurando a bala de ferro que havia perfurado sua barriga. A pele dele era ressequida e rachada, como um leito seco de rio, e seus olhos estavam zangados enquanto a bala chiava entre seus dedos.

— Estão ouvindo? — disse o fada-macho das trevas de nome Borra, enquanto a bala continuava a chiar. Ele a ergueu até o ouvido. — É uma mensagem dos humanos. Ouço-a alto e claro. Chegou a hora de morrermos.

Outro se adiantou. Malévola observou quando ele balançou a cabeça. Sua pele era mais escura e mais macia do que a de Borra. Era mais musculoso, e sua constituição era a de um guerreiro. Enquanto os olhos de Borra estavam tomados pela raiva, os olhos do outro carregavam tristeza e uma sabedoria antiga. Ele estudou a bala de perto.

— Os seres humanos vêm usando o ferro contra nós há séculos.

Houve murmúrios de concordância de alguns.

— E estamos quase extintos por causa disso, Conall! — Borra gritou zangado para o guerreiro. — Eles extraíram o ferro da terra. Fizeram seus escudos e espadas e nos forçaram a buscar abrigo no mundo inferior! — Ele mais uma vez levantou a bala para todos verem. — Mas *isso* vai acabar conosco. Eu faço uma convocação de guerra agora mesmo!

Malévola recuou para as sombras. Ela obviamente havia deparado com uma espécie de conselho de guerra. As palavras de Borra ecoaram em sua mente. *Quase extintos.* Foi por isso que passara a vida acreditando que estava sozinha. Mas não estava. E essas fadas das trevas, pelo menos algumas, tinham tanta desconfiança dos humanos quanto ela. Enquanto o aposento se enchia de vozes repetindo a convocação de Borra para a guerra, notou que Conall ficara quieto. Ele aguardou até que todos tivessem se acalmado antes de falar novamente:

– Há muitos humanos. Muitos reinos.

– Então quer esperar até que nos encontrem? – retrucou Borra. – Para matar todos nós?

– Não podemos vencer – argumentou Conall. – Não assim.

Borra balançou a cabeça.

– Você está errado, Conall. Temos algo com que eles não contavam. – Então, para a surpresa de Malévola, Borra ergueu-se no ar e voou direto para ela. Enquanto pairava à sua frente, seus olhos se fixaram nos dela, que deu outro passo para trás. Há quanto tempo ele sabia que ela estava ali? – Nós temos... *ela* – Borra prosseguiu. – Ela tem poderes que nenhum de nós possui.

– Ela está ferida, Borra – salientou Conall.

Pronto. Malévola avançou em direção à luz. Não precisava desses estranhos falando sobre ela como se fosse um peão em alguma espécie de jogo desconhecido.

– Quem são vocês? – gritou, fazendo sua voz soar tão alto quanto possível apesar da dor que lhe causava.

118 | Malévola: dona do mal

Num piscar de olhos, Borra aproximou-se de Malévola, colocando seu rosto a poucos centímetros do dela. Ele respirou profundamente, olhos brilhando.

– Você fede a humano – acusou ele com um sorriso de escárnio. – Talvez eu esteja errado. Talvez Conall devesse tê-la deixado morrer no fundo do mar.

Os olhos de Malévola se desviaram para o belo espécime guerreiro de fada das trevas. Fora Conall quem a carregara pelo mar até aquele lugar. Ela não pôde deixar de pensar... por quê?

Balançando a cabeça, Borra se afastou, mas continuou a falar em um tom ameaçador:

– Não... Está aí, não é? Está dentro de você. – Mais uma vez, ele se aproximou, os olhos sinistros e ameaçadores.

Como que por reflexo, Malévola levantou a mão. Uma fina corrente de magia verde se acumulou na ponta de seus dedos e, então, com um movimento, lançou-a diretamente sobre Borra. Ela o atingiu em cheio no peito, fazendo-o colidir com a parede oposta. Malévola, drenada pelo leve uso de sua magia, caiu no chão, ofegante.

Borra sorriu com maldade. Malévola fizera exatamente o que ele esperava: uma demonstração. Ela mostrara a todos como era poderosa, mesmo em sua atual condição.

— Estão vendo? — ele gabou-se com orgulho. — Há maldade em seu coração. E é isso que vai nos salvar.

— Ela precisa se curar — disse Conall, a voz calma estranhamente reconfortante para Malévola.

Borra assentiu.

— Você vai ajudá-la, Conall. E, quando ela estiver pronta, vamos à guerra.

Depois de passar sua mensagem, Borra partiu, voando para longe. Os outros esperaram um momento antes que também desaparecessem nas profundezas do Ninho.

Apenas Conall permaneceu. Ele caminhou até Malévola e parou diante dela. Estendeu a mão para ajudá-la, mas ela a recusou. Os olhos dele se demoraram em seu ferimento, que, devido ao esforço, reabrira-se e estava vazando sangue negro e espesso.

Envergonhada, Malévola tocou o ferimento enfaixado. Talvez tivesse sido precipitada demais — e estivesse errada — em repeli-lo com tamanha ênfase.

— Foi você quem me salvou?

Conall assentiu. Ele se virou para partir e então olhou de volta para ela.

— Venha — pediu. — Vou lhe mostrar quem nós somos.

Ele se moveu em direção a um grande buraco no chão, o qual Malévola não notara durante a bravata de Borra.

Caminhando até a beirada, Conall virou as costas para o buraco. Encarou Malévola, com seus olhos amáveis e brilhantes, e então caiu para trás e desapareceu.

Avançando, Malévola espiou por sobre a beirada do buraco. Não conseguia enxergar nada. Era impossível dizer se havia piso, ou rochas, ou algo pior lá embaixo. Ainda assim, estava curiosa. Endireitando-se, posicionou-se de modo que os dedos de seus pés se enroscaram ao redor da beirada. Respirando fundo, ela levantou o pé...

E caiu.

Malévola desabou no ar. Queria desesperadamente obter controle da queda livre, então tentou bater as asas. Mas estava fraca demais e elas não se mexiam. Apenas continuou caindo. E assim continuaria se Conall não a tivesse pegado.

– Não... – Malévola começou a recusar.

– Calma – respondeu Conall.

O protesto desapareceu em seus lábios quando ela olhou ao redor. Estavam em algum tipo de esconderijo improvisado. Era escuro e uma fina camada de névoa cobria tudo. Mas, através dela, Malévola pôde ver dezenas de fadas das trevas se movimentando pelo espaço que se assemelhava a um ninho. Alguns estavam sós. Outros se reuniam em grupos. O queixo de Malévola caiu quando viu diferentes tipos de fadas das trevas. Ela notara a pele seca e rachada de Borra, mas agora via que ele era apenas um de muitos.

Enquanto se deslocavam pelo Ninho, Conall explicou. As fadas da tundra eram pálidas, asas e cabelos brancos. Menores que as outras fadas, elas ficavam mais próximas do chão, tanto física quanto emocionalmente. Então, havia as coloridas fadas da selva, com membros longos para pular e se balançar. Suas asas eram vistosas, cada par único e compacto. Enquanto Malévola observava, uma fada da selva abriu as asas e então as recolheu junto ao corpo de forma tão justa que praticamente desapareceram. *Isso teria sido útil no jantar*, pensou Malévola com ironia.

E havia mais. As fadas do deserto – como Borra – tinham pele com manchas douradas e enormes asas articuladas. E as fadas da floresta eram da espécie de Malévola. Isso ficava evidente por suas enormes asas escuras e proporções semelhantes às dela.

Mas Conall revelou que não importava o tipo, todos eram fadas das trevas.

— Assim como você — concluiu ele.

Malévola ficou quieta ao ver as dezenas de fadas entrarem e saírem do Ninho, ignorando sua presença, porque, para eles, ela não era diferente.

– Quantas há? – ela finalmente perguntou. – Quantas somos... nós?

– Somos tudo o que resta – disse Conall, aterrissando em outro nível do Ninho, muito abaixo que tinham vindo.

– Durante minha vida toda... – Malévola começou a dizer, mas foi consumida pelas emoções. Teve que virar o rosto. Recompondo-se, ficou em silêncio por um longo tempo, absorvendo tudo.

Conall estava sombrio quando disse que aquelas eram tudo o que restava das fadas das trevas. Mas, para ela, a quantidade parecia enorme.

A fada guerreiro apontou para uma saliência mais abaixo. Cinco jovens fadas das trevas estavam de costas, olhando nervosas para a beirada. Suas asas estavam abertas enquanto Udo, uma fada-macho da tundra mais velho, as instruía. Malévola o reconheceu da reunião do conselho. Ela observou Udo começar a empurrar o grupo para a frente até que estivessem a alguns centímetros da borda. Malévola viu o medo nos olhos das jovens e, repentinamente, com um poderoso empurrão, Udo as lançou ao ar. Malévola ofegou quando elas começaram a cair.

— Aqueles jovens deveriam estar conectados à natureza – disse Conall, seus próprios olhos fixos no fada das trevas instrutor. – Em vez disso, estão banidos como o restante de nós. Criados no exílio.

— Eles pertencem a Moors – disse Malévola, concordando com a cabeça. – À neve, aos desertos...

Conall suspirou.

— Conforme mais reinos humanos foram surgindo, continuamos nos mudando, escondendo-nos em todos os cantos da terra. Mas sabíamos que alguma hora eles nos encontrariam... mesmo quando voltássemos para nosso verdadeiro lar.

Malévola observou-o enquanto ele falava. O rosto dele estava tomado por uma dor silenciosa, e ela se perguntou o quanto ele tinha visto e sacrificado. Seus olhos se desviaram do guerreiro para as jovens fadas das trevas, agora mergulhando e rindo enquanto eram levadas pelo vento e voavam ao redor do Ninho. Seus rostos estavam cheios de alegria e inocência. Nunca deveriam ter de testemunhar o que Conall – ou Malévola – tinha testemunhado.

— Eu posso protegê-los – disse ela.

— Como? – perguntou Conall. Seu tom era gentil, mas havia uma atitude defensiva. – Travando uma guerra contra os humanos? Mesmo contra aquela que criou como sua? – Ele fez uma pausa, avaliando a reação de Malévola. Como ela nada disse, ele prosseguiu: – Estamos observando você há anos.

Em reação a isso, Malévola se sobressaltou.

– E mesmo assim permaneceram escondidos? – ela perguntou, confusa, e subitamente com raiva. Se ela soubesse que havia outros como ela... como poderia ter sido sua vida?

– Porque você estava fazendo algo que nunca imaginamos ser possível – explicou Conall. – Estava nos mostrando o caminho a seguir.

Curiosa sobre o que ele queria dizer, Malévola estreitou os olhos e esperou para ouvir mais. Ela estava simplesmente tentando sobreviver e criar Aurora para amar Moors como ela amava.

Conall continuou:

– Talvez não tenhamos que nos esconder dos humanos. Talvez possamos existir sem medo e guerra. Talvez possamos encontrar um caminho... juntos.

A resposta de Malévola foi rápida:

– Isso nunca vai acontecer. – A dor em sua barriga era um lembrete do que acontecia quando humanos e fadas tentavam coexistir. A lembrança de Aurora olhando para ela com desconfiança era outro.

Conall balançou a cabeça.

– Já está acontecendo. Com você e Aurora. – Virando-se, ele se ergueu no ar. Mas, antes de ir embora, voltou a olhar para ela. – Bem-vinda ao lar, Malévola.

Os pensamentos de Malévola giravam em sua cabeça. *Lar.* Era onde estava agora? Poderia aprender a confiar no Ninho – e nas outras fadas das trevas? Havia passado tanto tempo sentindo-se deslocada, mesmo em Moors. Será que era àquele lugar que pertencia?

Reunindo toda a sua força, lentamente voou de volta para o topo do Ninho. Se era mesmo verdade, ela se perguntava por que ainda se sentia infeliz.

CAPÍTULO 9

AURORA TINHA DESISTIDO. Depois de horas de busca, ela percebeu que Malévola não iria retornar para casa. Pelo menos não imediatamente. Com pesar no coração, voltou para o seu cavalo e cavalgou até o Castelo de Ulstead. A enorme estrutura estava escura quando chegou, com apenas algumas velas acesas para guiar seu caminho pelo corredor até o quarto.

Seu quarto. Parecia estranho pensar nele dessa maneira. Seu verdadeiro quarto estava em seu próprio castelo, mas Phillip insistira para que ela ficasse por perto enquanto tentavam descobrir o que fazer pelo rei. Aurora não tivera escolha.

Agora, dando um passo à frente, suspirou. Estava exausta. Tudo o que queria era se deitar, fechar os olhos e ter um sono sem sonhos. Mas parecia que seu desejo não era para ser concedido.

– Estávamos preocupados. – A voz de Ingrith surgiu da escuridão e assustou Aurora.

Acendendo uma vela, Aurora viu que a rainha estava sentada em uma cadeira ornamentada no canto do quarto. Lentamente, Ingrith se levantou e começou a caminhar na direção de Aurora.

– Majestade – disse Aurora quando se recompôs. – Eu tentei encontrá-la. – Só de mencionar o fracasso, novas lágrimas brotaram nos olhos da garota.

Por um momento, a raiva transpareceu no rosto da rainha Ingrith. Mas desapareceu tão rapidamente quanto viera, substituída por um olhar de solidariedade.

– Fico de coração partido por você – disse Ingrith, aproximando-se. – Ela trouxe uma nuvem de escuridão sobre a sua felicidade. Sei que ela foi contra esse casamento, nunca confiou em seus instintos. – Ingrith deteve-se, balançando a cabeça tristemente.

Aurora lutou para conter as lágrimas. A verdade nas palavras de Ingrith doía. Malévola havia deixado claro que não queria que Aurora se casasse com Phillip. Mas a moça esperara que o amor de Malévola por ela superasse o medo.

Não foi o que aconteceu.

Ingrith prosseguiu, a voz ficando cada vez mais intensa:

– Quando a vi no jantar, com seus chifres cobertos, curvada e encolhida. – Ela fez uma pausa e depois deu

130 | Malévola: dona do mal

de ombros levemente. – Bem, não é de se admirar que tenha atacado.

Aurora se viu assentindo. Ela podia ver a raiva nos olhos de Malévola. Podia ouvir seu tom cáustico enquanto falava de Phillip e seus gestos "românticos". Lembrou-se do desgosto no rosto dela quando Aurora lhe contou deslumbrada que Phillip dissera pela primeira vez que a amava. Talvez o amor não fosse algo que Malévola pudesse compreender.

Mas então outras memórias a inundaram: Malévola acordando-a com um beijo. Lutando contra Stefan para protegê-la. Dando-lhe Moors para que ela tivesse um lar repleto de alegria em vez de tristeza.

Aurora balançou a cabeça em sinal de protesto.

Ela podia relembrar os bons momentos, mas Ingrith estava certa. Claro que Malévola havia atacado. A noite toda tinha ido contra quem ela era como fada das trevas. E só se é possível lutar contra sua verdadeira natureza por algum tempo antes de finalmente ceder.

– Simplesmente não sei o que fazer – Aurora disse com a voz trêmula.

Ouvindo essas palavras, a rainha pareceu se animar.

– Você o ama de verdade, não é? Meu filho?

Aurora assentiu, mordendo o lábio.

– Profundamente.

– Então é o amor que vai curá-la. É o que cura todos nós. Vamos seguir em frente juntos – disse Ingrith. – Como uma família.

Aurora soltou um grito de surpresa. Ela não havia previsto tal resposta. Tampouco estava preparada. Família. A simples palavra fez com que se sentisse menos sozinha e conteve a dor que preenchia o peito. Aurora caminhou até a rainha e jogou os braços ao redor dela. Ingrith sorriu e até começou a acariciar o cabelo da garota.

Aurora ainda estava abraçando Ingrith quando a porta se abriu.

A voz de Phillip ecoou pelos aposentos.

– Mamãe? – ele perguntou, com os olhos fixos em Aurora. – O que está acontecendo?

Ingrith se soltou do abraço de Aurora quando Phillip entrou no quarto. Ela pegou a mão de Aurora e a colocou na dele.

– Tomei uma decisão – disse ela. – Em nome de seu pai, o casamento acontecerá dentro de três dias. – Tendo feito seu comunicado, ela sorriu para o casal e deixou o quarto.

Logo após a partida da rainha, Aurora e Phillip permaneceram em silêncio, chocados.

— Aurora — Phillip disse, por fim. — Não precisamos pensar em casamento agora.

Aurora balançou a cabeça. Ingrith estava certa. Eles deviam isso a todos — especialmente ao rei. Não podiam permitir que a maldade das ações de Malévola, ou as terríveis circunstâncias do rei John, arruinassem o que deveria ser um momento de alegria para os dois reinos. Se recuassem diante das dificuldades, isso definiria o tom para o restante do reinado. Mas, se ela e Phillip permanecessem fortes, mostrando que seu amor era poderoso o suficiente para superar qualquer coisa, seria um maravilhoso começo.

— E quanto a Malévola? — Phillip perguntou depois que Aurora explicou sua escolha.

— Acho que ela se foi — admitiu ela. — Para sempre.

Quando o sol se ergueu sobre o Castelo de Ulstead, as notícias sobre o casamento se espalharam rapidamente. Os aldeões entraram em ação, ansiosos para ajudar a preparar um casamento perfeito. Padeiros começaram a assar pães. Floristas começaram a colher flores. Varredores de rua começaram a varrer as ruas. O ar estava tomado por uma feliz expectativa.

Mas, longe dali, nas profundezas do coração do Ninho, Malévola desconhecia a rapidez com que as coisas estavam mudando. Ela não estava olhando para o futuro; em vez disso, tentava entender o passado. A pedido dela, Conall levou Malévola à Grande Árvore.

Andando pela base da enorme e antiga árvore, Malévola se sentiu pequena. Era o objeto mais sagrado do Ninho. Conall contou que ninguém sabia quantos anos tinha, só que já estava lá quando chegaram. Elaborados e inescrutáveis entalhes haviam sido gravados nas paredes curvas que cercavam a base da árvore. Ao longo dos anos, a sala tornou-se um santuário, e a história de sua espécie foi escrita em suas paredes.

Conall parou em frente a uma enorme rocha. No centro, preservado em espesso âmbar laranja, havia um conjunto de ossos.

– Uma fênix – esclareceu Conall quando notou o ar de interrogação no rosto de Malévola. – Dizem que as fadas das trevas começaram com ela, e evoluíram ao longo dos séculos. Mas logo nosso tempo vai acabar... – Sua voz sumiu, e ele se virou para olhar Malévola. – A menos que você possa nos salvar.

Malévola estava confusa. Um dia antes, ele a vira usar a escuridão dentro dela para lançar Borra contra uma parede. Ela percebera a decepção de Conall na ocasião e sabia

que ele queria que ela fosse melhor que isso. No entanto, agora ele estava dizendo que Malévola poderia salvar todos?

– Nas suas mãos, você detém a vida e a morte – continuou Conall enigmaticamente. – Destruição e renascimento. Mas o maior poder da natureza é o poder da verdadeira transformação. Você se transformou quando perdeu suas asas. Quando criou Aurora e quando descobriu o amor em meio à dor. – Conall se aproximou de modo que estava quase tocando Malévola.

Ela mudou de posição. Havia algo sobre aquele fada-macho forte e bonito que a deixava nervosa.

– Você é a última de seus descendentes. – Seu olhar se moveu para os ossos da fênix. – O sangue dela é seu. Estou pedindo para tirar toda a sua fúria, toda a sua dor e *não* usá-las. A paz será a transformação final das fadas das trevas.

De repente, o som de asas batendo ecoou pela câmara. Arrastando os olhos de Conall, Malévola observou Borra se aproximar. Como de costume, ele estava franzindo a testa, os olhos cheios de raiva desenfreada. A fada não soube dizer se era direcionada a ela ou ao mundo. Adivinhou que era um pouco dos dois.

Reconhecendo minimamente a presença de Borra, Conall continuou. Malévola não sabia por que ele estava tão determinado a levá-la para o lado dele, mas o escutou.

Elizabeth Rudnick | 135

– O Reino dos Moors é nossa última verdadeira natureza na terra. E mesmo assim você nomeou uma humana como rainha. Uma filha com a qual você se importava...

– Eu não tenho filha! – Malévola gritou. As palavras saíram de sua boca antes que pudesse detê-las. Ouvi-las em voz alta fez seu coração doer, e, num reflexo, colocou a mão na ferida que ainda estava em processo de cicatrização. Até o momento, não se permitira admitir que aquilo em que acreditava era verdade: Aurora já não fazia parte de sua vida. A constatação lhe pareceu real... e sensível.

Vendo a dor no rosto dela, Borra sorriu cruelmente.

– Acabamos de saber que haverá um casamento no castelo dentro de três dias – disse ele, revelando a razão de sua chegada. – Humanos virão de todos os cantos. – Borra aproximou-se. Ele parecia emocionado com a notícia, o que confundiu Malévola, até que acrescentou: – Vamos matar o rei e a rainha de Ulstead... e também o jovem príncipe.

As palavras de Borra ecoaram pelas paredes até se desvanecerem, deixando nada além de silêncio. Malévola ficou imóvel enquanto sua mente rodopiava. Ela queria que o rei e a rainha de Ulstead sofressem pelo que haviam feito. E Phillip também. No mesmo instante, lembrou-se dos sentimentos de Aurora. Se o príncipe fosse atingido, o que isso faria com a menina?

Um pequeno e amargo pensamento penetrou sua mente. Aurora teria o coração partido. Isso seria tão errado? Malévola deveria se importar? Seus dedos traçaram o contorno da ferida. Alguns dias antes, a ideia de ver Aurora sofrendo teria enchido Malévola de fúria. Agora, apenas se sentia entorpecida.

Encolhendo os ombros, ela se virou para olhar a fênix. Que Borra planejasse sua guerra. Ela veria o que subiria das cinzas.

CAPÍTULO 10

INGRITH ESTAVA FICANDO ENTEDIADA. Quando anunciou o casamento, sabia que haveria inúmeros detalhes para supervisionar. Mas falhara em considerar quão exaustiva poderia ser a felicidade fingida – ou quantas horas seriam necessárias. Nos últimos dois dias, fingira se deliciar com as opções de bolo de casamento e elogiar os arranjos florais. Ela ouvira incontáveis músicos disputando a chance de participar da marcha nupcial. Tinha adulado Phillip e Aurora e aplaudido com alegria quando eles escolheram sua primeira música.

Estava farta.

Agora Ingrith encontrava-se nos aposentos de Aurora, esperando que a garota saísse de trás do enorme biombo ao longo da parede mais distante. Ela ouviu a garota rindo com as criadas enquanto se vestia e, então... silêncio. Um momento depois, Aurora surgiu.

Se Ingrith tivesse um pouco de sentimento, teria feito algo maternal, como ofegar ou levar as mãos ao coração, enquanto observava sua futura nora se aproximar. A garota estava de tirar o fôlego. Mesmo no simples vestido creme sem qualquer adorno, nem mesmo uma única joia, ela brilhava. As bochechas coradas e os lábios, que ela agora mordia nervosamente, eram de um tom perfeito de rosa. Flutuando em torno de seus longos cabelos havia um véu de renda, de padrão simples e delicado, como uma teia de aranha.

Mas Ingrith era uma pedra de gelo. Então, sem qualquer sentimento, apenas disse:

– Você está deslumbrante, Aurora.

A moça sorriu alegremente, sem perceber a falta de emoção.

– Estou tão feliz que gostou, Majestade – disse ela.

Quando Ingrith se aproximou, engasgou e levou a mão à garganta. Imediatamente parou de andar.

– Oh, puxa – ela se esforçou para dizer. – Mal consigo respirar.

– Há algo errado? – Aurora perguntou, a preocupação tomando seu rosto.

Ingrith inclinou a cabeça, dando-lhe tempo suficiente para recompor suas feições. Então, olhou para cima com o rosto franzido.

– Minhas alergias – disse ela a título de explicação. – Eu posso detectar a menor partícula de terra e poeira... e esse vestido veio direto de Moors, não é? – Ela olhou para o vestido como se estivesse vivo.

– Sim – respondeu Aurora, tocando delicadamente a renda com a ponta do dedo. – Eu sinto muito. O que posso fazer?

– Talvez – sugeriu Ingrith, como se tivesse uma ideia repentina e totalmente nova –, você pudesse tentar experimentar este? – Ela gesticulou para duas criadas, que aguardavam pelo sinal. Rapidamente, trouxeram um vestido de casamento que exigia que ambas o carregassem.

O vestido era tudo o que o Aurora não era. Enquanto o dela era normal, permitindo que a simplicidade do desenho o tornasse bonito, o outro vestido era elaborado. Cada centímetro cravejado de joias e rendas complexas; as linhas criavam um padrão que parecia complicado e rígido, enquanto a renda de Aurora era delicada e suave. A cauda de Aurora tinha sido montada a partir de material encontrado em Moors, caindo logo acima dos dedos dos pés, já a do novo vestido tinha três metros de comprimento. Tudo a respeito dele era pesado; estava mais para uma armadura do que um vestido de noiva.

– Eu o usei quando me casei com o rei – disse Ingrith, olhando para o vestido com orgulho. Ela se virou e viu Aurora recompondo seu rosto enquanto estudava o vestido.

— Tenho certeza de que é perfeito — observou Aurora após um momento. Sua voz era suave e as palavras, educadas, mas ela só usaria o vestido porque era gentil demais para dizer não.

— Eu também — concordou Ingrith. Ela instruiu as criadas sobre onde colocar o vestido de Aurora proveniente de Moors. Então, despediu-se. A rainha estava farta de todas aquelas tolices. Havia outros assuntos, mais importantes, a tratar.

Ingrith saiu do quarto e seguiu pelo corredor até seus aposentos. Olhou em volta para se certificar de que ninguém estava observando e depois deslizou para dentro. Embora entrar em seus próprios aposentos não fosse algo estranho, Ingrith preferia a sensação de segurança proporcionada por uma entrada furtiva. Momentos depois, já estava descendo as escadas em direção ao laboratório.

Quando entrou, viu Lickspittle em pé diante de um béquer cheio de areia da cor do carvão. Ele segurava um pequeno par de pinças, que continha um único floco brilhante de pó de ouro. Seus olhos se estreitaram ao perceber a roupa de proteção do fada-macho. *Isso é mesmo necessário?*, ela se perguntou. Lickspittle gostava de ser dramático, mas a máscara de gás caseira parecia um pouco de exagero.

142 | Malévola: dona do mal

Suspirando, ela se aproximou. Ao mesmo tempo, Lickspittle acrescentou meticulosamente o floco de pó à areia. Houve uma reação fumacenta – e a areia se transformou do cinza-escuro num vermelho brilhante. Nos jarros ao redor, as fadas faziam cara feia para Lickspittle, pouco se importando com a experiência.

Então, Ingrith saiu das sombras. Quando o medo invadiu o rosto das fadas, Lickspittle levantou a mão.

– Não me distraiam! – gritou.

– Lickspittle...

Ouvindo a voz da rainha, Lickspittle empalideceu atrás da máscara. Quando a arrancou da cabeça, seus olhos se encheram de pavor.

– Ih! – ele guinchou. – Perdoe-me, Majestade – desculpou-se, recuando tão rápido quanto seus pezinhos de fada permitiam.

Felizmente para Lickspittle, Ingrith não tinha tempo de puni-lo por insubordinação.

– Gerda contou que você tem algo para me mostrar – disse ela. – Funciona?

Os grandes olhos de Lickspittle ficaram um pouco maiores e o pomo de adão subiu e desceu enquanto ele engolia em seco. Ele havia dito a Gerda sobre o experimento secreto. Ainda estava nos primeiros estágios de testes. Dizer que ele tinha algo que "funcionava" era um pouco exagerado. Mas não podia simplesmente dizer que não. Não para Ingrith.

— Eu só tinha um punhado de espécimes de fada para trabalhar, e o processo de extração é meticuloso – argumentou ele.

Ingrith apontou para a flor brilhante. Ela havia sido cuidadosamente colocada em um fino vaso de vidro.

— Extração de quê? – perguntou. Estava ficando irritada. Descera até ali esperando algo concreto, mas Lickspittle estava claramente embromando.

O fada-macho deu um passo apreensivo na direção dela.

— Flores de Cripta – explicou ele. – Brotam do túmulo de uma fada e contêm sua própria essência. – Ele tocou delicadamente uma pétala, o rosto ficando solene por um momento antes de seus olhos brilharem com energia renovada. – A dose de extrato de flor para pó de ferro tem que ser a certa...

— Mostre-me! – ordenou Ingrith. Ela não queria ouvir explicações longas; queria ver resultados. E seu interesse fora de fato despertado.

Rapidamente, Lickspittle virou para os frascos. No interior deles, fadas se empurravam contra o vidro. Mas não tinham para onde ir.

– Agora quem vai testar o meu pó das fadas? – ele perguntou alegremente. Sua atenção se deteve na fada-cogumelo e, em seguida, abriu o frasco e enfiou a mão para apanhá-la. Assim que começou a puxar o espécime para cima, a fada-cogumelo o mordeu com força. – Ai! – Lickspittle gritou. Deixando a fada cair, virou-se para outro frasco. Dentro havia um fada-macho dente-de-leão que aparentava ser dócil. Seus cabelos pálidos flutuavam ao seu redor enquanto Lickspittle o agarrava e o colocava na mesa próxima.

Ingrith se inclinou para a frente com expectativa. Lickspittle pegou uma pitada do fino pó vermelho que acabara de criar e o polvilhou sobre o fada-macho dente-de-leão. Quando o pó se assentou sobre a pele da criatura, os olhos da fada se arregalaram e sua boca se abriu. Logo em seguida, ficou imóvel e se transformou em um dente-de-leão mudo. A fada, ao que parecia, tinha morrido.

Um sorriso se espalhou pelo rosto de Ingrith.

– Chega de fadas – disse ela, pegando o dente-de-leão. Ela o levou aos lábios e soprou. As sementes flutuaram pela sala.

– Majestade – Lickspittle disse, aliviado quando viu o prazer no rosto da rainha –, eu tenho muito pó de ferro para a minha fórmula, mas vou precisar de Flores de Cripta. Muitas.

Elizabeth Rudnick | 145

Ingrith assentiu com a cabeça, os olhos ainda fixos na haste do dente-de-leão em sua mão.

– Você terá tudo de que precisa.

Ela não se importava com o que era necessário. Lickspittle teria seus suprimentos. Porque agora, depois de todos esses anos de planejamento, finalmente havia conseguido: a chave para destruir todos os tipos de fada.

E logo teria a oportunidade de usá-la.

CAPÍTULO 11

MALÉVOLA SENTIA-SE MAL.

Dias se passaram e sua ferida continuava a infeccionar. Ela pensara que estar cercada por outros da sua espécie ajudaria, que eles pudessem conhecer uma maneira de tratar a infecção. Mas o ferro era muito poderoso. Muito humano.

De pé na enfermaria, tentou ser paciente enquanto um dos curandeiros pressionava e cutucava o ferimento. A dor irradiava através de seu corpo até as pontas dos dedos. Por reflexo, mostrou suas presas. O fada-macho que a tratava não se perturbou.

– Como está se sentindo?

À voz de Conall, Malévola se virou. Lentamente, ergueu as asas, estendendo-as de modo que quase tocassem as paredes distantes.

– Forte o bastante para lutar – respondeu, forçando a voz para soar firme, embora esse simples movimento quase a tivesse deixado de joelhos. Ela não queria que Conall pensasse que era fraca.

Os últimos dias haviam sido gastos em discussões e planejamento sobre o casamento – embora não da maneira que imaginara quando Aurora lhe contou sobre o noivado. Na ocasião, Malévola realmente esperava *não* perder tempo discutindo sobre a questão. Esperava apenas dizer não a Aurora e acabar com toda a situação. Mas a moça dissera sim àquele ridículo pedido. E agora a fada simplesmente *não* estava falando com Aurora, muito menos sobre casamento.

Com Borra, as conversas não eram sobre se o casamento deveria acontecer; em vez disso, falavam de estratégia de batalha. E com Conall, era sempre sobre esperança e a possibilidade de reconciliação. Mas não importava com quem Malévola falasse ou quem ouvisse. Ver as jovens fadas – presas dentro do Ninho devido ao medo dos humanos do lado de fora – aprenderem a voar... fora o ponto de virada. Ela iria lutar, não importava o que custasse.

Conall ficou em silêncio por um momento depois da declaração de Malévola, que sentiu o olhar do outro pesar sobre ela. Finalmente, ele assentiu.

– Mas e quando você entrar no castelo? Quando você a vir? Você será forte o suficiente então?

Enquanto Conall falava, ele se aproximou. Malévola estendeu a mão e agarrou o braço dele, prestes a dizer-lhe que

150 | Malévola: dona do mal

a deixasse em paz. Mas ela hesitou quando sentiu a carne sulcada sob os dedos. Então olhou para baixo. Os braços de Conall estavam cheios de marcas de queimaduras.

– Você era um guerreiro? – perguntou. Ela presumira que sim, apesar de sua oposição à atitude belicosa de Borra.

Ele assentiu, os olhos escurecendo.

– Por um longo tempo – respondeu. – Mas não mais.

– O que mudou? – Malévola perguntou.

– Você.

Isso surpreendeu Malévola, e ela inclinou a cabeça em confusão. Ele sorriu ligeiramente antes de continuar:

– E Aurora. Você me mostrou um jeito diferente.

Malévola deixou cair o braço. Aquilo novamente. O fascínio de Conall pelo relacionamento dela com Aurora estava ficando cansativo. Isso era passado.

– Eu disse que foi um erro.

Ele balançou a cabeça.

– Não foi um erro – contestou. – Foi uma escolha. *Sua* escolha.

Ela exalou profundamente. Conall era exasperante. Vezes sem conta ele dissera a Malévola que ela não deveria lutar. Quando Borra dizia destruir, Conall dizia perdoar. Ele deixara claro que ela deveria ficar fora da luta e reparar seu relacionamento com Aurora. Ainda assim, ele

Elizabeth Rudnick | *151*

insistia que Malévola melhorasse do ferimento. Erguendo um braço, ela gesticulou ao redor da enfermaria e então apontou para a barriga.

– Por que você me quer forte, se não quer que eu lute?

Conall não respondeu imediatamente. A sala ficou quieta enquanto ele olhava para Malévola. Por fim, deu a ela o menor dos sorrisos.

– Talvez eu esteja preparando você para uma luta maior – respondeu. Então saiu do quarto.

Malévola observou-o ir embora, sua mente a mil. Justo quando começava a acreditar que não havia mais nada para sentir, a fada das trevas tinha uma coceira irritante crescendo em seu coração. E era tudo culpa de Conall.

Aurora se sentia ridícula.

Ela estava dançando – ou melhor, tentando dançar – por horas ao redor do salão de baile do Castelo de Ulstead enquanto Ingrith observava, e Gerda, a soldada da rainha, tocava uma valsa de casamento. Seus pés estavam pesados como pedras e seu estômago roncava. Ela só queria se sentar e fazer um lanche.

Mas toda vez que ela e Phillip diminuíam os passos, ou Aurora tropeçava, Ingrith batia as palmas e gritava "De novo!". Aurora sentia como se aquela tortura nunca fosse terminar. Ela teve um breve lampejo de esperança quando passou por uma valsa inteira sem um erro. Mas a esperança desapareceu quando viu Ingrith levantar um par de sapatos de salto alto. "Mais uma vez", gritou a rainha. Então, novamente Aurora e Phillip começaram a bailar – só que, dessa vez, Aurora usava o calçado mais doloroso que já experimentara.

Finalmente, pareceu que Ingrith estava satisfeita. Acenando para Gerda, a rainha permitiu que a música parasse. Exausta, Aurora olhou ansiosamente para uma das cadeiras. Mas, antes que pudesse se sentar, a rainha a estava levando de volta ao quarto de vestir para ser enfeitada e mimada para o chá da tarde.

Enquanto Aurora a seguia, tentou se manter positiva. Sabia que concordar com um casamento em três dias significaria que as coisas seriam apressadas. Mas nunca imaginou quão ocupada ficaria – nem o quanto sentiria falta de Malévola e Moors. Cada minuto dos últimos dois dias tinha sido preenchido com provas de roupas e chás e consultas e aulas de dança. A única vez que viu Phillip foi quando estavam praticando a valsa, e mesmo assim com

Ingrith sempre presente. O casal não tinha conseguido conversar e ela precisava desesperadamente de um confidente. Apesar de saber que Malévola se fora, ainda havia uma parte de Aurora que esperava que ela estivesse errada – e que sua madrinha apareceria e consertaria todos os problemas, fazendo tudo voltar ao normal.

Mas ela não era mais uma criança. Sabia que a maioria dos sonhos não se realizava.

Agora Aurora se encontrava sentada com a rainha e um bando de mulheres da nobreza. Ingrith lhe dissera que ela precisava impressionar aquelas senhoras. Se lhe dessem seu selo de aprovação, todos em Ulstead as seguiriam. Remexendo-se na cadeira, Aurora mantinha um sorriso estampado no rosto enquanto as mulheres ao redor conversavam. Seu cabelo estava arrumado em um penteado elaborado que espelhava o de Ingrith, e o vestido que usava era conservador, apertado e cinzento, um de segunda mão, da própria rainha. *Se Malévola voltasse*, Aurora pensou, *provavelmente nem me reconheceria.*

Percebendo que uma das nobres precisava de mais chá, Aurora se levantou e encheu a xícara dela. Todas a observaram, como se esperassem que fosse derramar. Mas, quando o chá foi servido, todas aprovaram com a cabeça.

154 | Malévola: dona do mal

— Majestade — disse uma delas —, ela é absolutamente adorável.

— E pensar em como foi criada — disse outra, como se Aurora não estivesse ao lado. — Pela mesma bruxa má que a amaldiçoou.

Aurora sentiu o rosto corar. Como se atreviam a dizer tais coisas? Elas não tinham ideia de como fora sua infância. Ela tivera uma infância maravilhosa por causa de Malévola, e não apesar dela. Respirando fundo, levantou uma bandeja de doces, na esperança de mudar de assunto.

— Tortas? — ofereceu, a voz tão doce quanto a própria sobremesa.

Enquanto as mulheres continuavam a conversar, distraidamente pegando as guloseimas que Aurora lhes servia como se fosse invisível, ela suspirou. Quando teve certeza de que ninguém prestava a menor atenção, escapuliu.

Acelerada pelos longos corredores sem alma, ela conteve as lágrimas até que finalmente chegou ao seu quarto. Abriu as portas, arrancou os sapatos desconfortáveis e correu para a sacada. Ela precisava de ar. E de silêncio.

Mas, um momento depois, a porta se abriu. Temendo que Ingrith estivesse atrás dela, ela se virou. Para seu alívio, era Phillip. Avistando-a na varanda, correu para se juntar à noiva.

— Aurora — ele disse enquanto olhava aqueles olhos lacrimejantes e o rosto triste –, o que está incomodando você?

Ela não respondeu de imediato. Não tinha certeza se poderia dizer a verdade. Mas, então, tomou coragem. Afinal, ela ia se casar com ele – em um dia. Se não pudesse conversar, qual era o sentido disso tudo?

— Eu não tenho certeza se combino com este lugar – ela finalmente falou, a voz quase um sussurro.

Phillip sacudiu a cabeça.

— Você combina comigo.

Ela sorriu. Sabia que ele estava tentando tranquilizá-la, mas as palavras não ajudaram.

— Todo mundo tem sido tão gentil – reconheceu ela, pegando sua mão para mostrar que ele era parte disso. – Mas só estou aqui há dois dias e já me sinto outra pessoa. – Ela parou e olhou profundamente nos olhos de Phillip.

— Sei que é difícil...

Ela balançou a cabeça, a reação surpreendendo os dois.

— Não, é fácil demais. As joias, meu cabelo. – Ela levantou a mão para a cabeça perfeitamente penteada. – Até meu sorriso mudou. Eu não me sinto mais como a rainha dos Moors. – Quando terminou, uma pontada de dúvida surgiu em seu coração. Estaria errada em dizer a Phillip como se sentia? Mas então ele apertou a mão dela, o rosto

156 | Malévola: dona do mal

carinhoso e franco, cheio da bondade e da luz pela qual ela se apaixonara em primeiro lugar. A pontada começou a desaparecer.

– Quero me casar com a garota que conheci na floresta. E só com ela – Phillip disse suavemente. Ele estendeu a mão e passou-a sobre a manga do vestido elaborado. Seus dedos esticaram gentilmente o tecido, puxando uma das gemas. Olhando para cima, seus olhos brilharam com amor. – Você não tem que usar essas roupas ridículas.

O último vestígio de dúvida desapareceu completamente quando ela se aconchegou nos braços de Phillip e abraçou-o com força. Claro que ele entenderia. É claro que saberia que ela era mais forte do que as mulheres tolas lá embaixo. Ele a conhecia e a amava por tudo que ela era. Sempre.

Mas, quando ela se virou para ver Phillip sair, avistou o próprio reflexo no espelho. A mulher que olhava para ela era uma estranha. Uma imagem de Malévola, seus chifres cobertos pela echarpe, veio à sua mente. Que direito Aurora tinha de pedir à fada das trevas que escondesse quem era? De se vestir para fazer os outros felizes?

Não é de admirar que Malévola tivesse ido embora e nunca mais voltasse. É terrível tentar ser alguém que você não é.

Silêncio em Moors. Nuvens espessas cobriram o céu e enviaram as criaturas correndo para a cama. Mas, enquanto as criaturas mágicas dormiam, os invasores se aproximavam.

Erguendo a mão, Percival fez sinal aos quarenta ou mais soldados que esperavam atrás. Por ordens da rainha Ingrith, havia encontrado o jovem que levara a Flor de Cripta para Lickspittle. Ben fora rápido em oferecer ajuda, assim que viu a bela sacola de ouro que Gerda segurava. Com o menino mostrando-lhes o caminho, Percival levara seus melhores homens para se infiltrar no outro reino. Seu objetivo era reunir o maior número possível de Flores de Cripta e retornar – sem serem apanhados. Gerda se apavorara com as ordens. O último lugar em que ela queria ir, especialmente à noite, era Moors. Todo ruído soava suspeito; todo cheiro era perturbador. Ela preferia muito mais o limpo e ordeiro Ulstead.

Mas as ordens de Ingrith eram para ser obedecidas.

Não vendo nenhum sinal óbvio de perigo, Percival baixou a mão e os soldados saíram das árvores e entraram num campo aberto, repleto de Flores de Cripta. Centenas, talvez milhares, de flores de cores vivas estendiam suas pétalas para a lua, que só agora saía de trás das nuvens. A luz branca dava às flores um brilho iridescente, que fez Percival tremer com nervosismo.

Ele não gostou da luz. A escuridão era sua aliada na missão. Ao lado dele, Ben olhava ansiosamente do céu escuro da noite para o campo de Flores de Cripta.

– E se aquela – ele hesitou, com medo até de dizer as palavras – criatura alada retornar?

Gerda sacudiu a cabeça.

– Ela já era.

– Você tem certeza? – o jovem insistiu.

Gerda não respondeu. Não precisava. O menino estava lá para ajudar, não para fazer perguntas. Mas, no que dizia respeito a ela, Malévola nunca mais os incomodaria.

CAPÍTULO 12

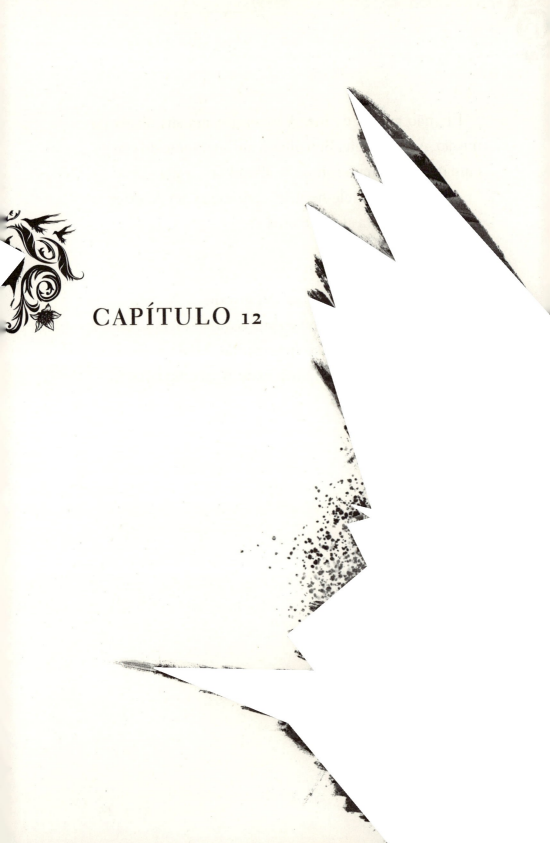

SENTADA NA CÂMARA central do Ninho, Malévola, mais viva do que nunca, olhou em volta para as fadas das trevas reunidas. A visão, embora mais familiar, ainda fazia seu coração disparar estranhamente. Passar anos sozinha achando que nunca encontraria outra de sua espécie a tornara mais dura, mais fria. Mas agora, bebendo e comendo com dezenas de outras fadas das trevas em volta de uma lareira, ela sentia um pouco daquela insensibilidade se suavizando.

Ao lado dela, Conall. Ele também estava em silêncio enquanto ouvia o burburinho ao redor. Malévola não pôde deixar de se perguntar no que ele estava pensando enquanto observava a sala. O que estava pensando agora, quando se virou e a encarou? Será que estava pensando que ela parecia perdida? Ou será que estava pensando que talvez aqui, com eles, ela se encontrara? Os olhos dele se fixaram nos seus e, então, lentamente, lhe passou um garrafão. Ela quase riu da natureza simples do gesto, que não era nada comparado à complexidade de seus pensamentos.

Ela tomou um gole e então o devolveu para ele. Ao fazê-lo, as pontas de suas asas se tocaram. Instantaneamente, Malévola puxou-as para trás e endireitou-se em seu assento. A sensação de tocar outro alguém era desconhecida. Mas, para sua surpresa, Conall não recuou. Em vez disso, permitiu que sua asa se demorasse ali.

E, então, uma dor lancinante a atravessou. Ela se dobrou enquanto uma enxurrada de visões bombardeavam sua mente. Ela podia ver espadas brilhando no ar, homens cortando dezenas de Flores de Cripta de uma só vez. Podia ouvir os gritos de raiva e dor de sua espécie. Imediatamente, a brandura se foi. Seus olhos reluziram com fúria.

– Eu tenho que ir.

– O que foi? – perguntou Conall, com um tom de preocupação na voz.

– Os humanos estão em Moors – ela respondeu. – Estou sentindo. – Ela se levantou, pronta para alçar voo. Mas Conall bloqueou o caminho.

Ele balançou a cabeça e depois indicou com o queixo o ferimento dela.

– Você não está pronta.

Malévola não estava com paciência.

– Saia da frente – ela rosnou.

A essa altura, as demais fadas notaram a raiva que fluía da pele de Malévola. Sem que percebesse, a magia verde estava se acumulando em torno de seus pés. Conall ignorou tudo aquilo enquanto tentava em vão acalmá-la.

– Se partir agora, vai morrer – disse ele com naturalidade.

– Deixe-a ir, Conall. – À voz de Borra, Malévola se virou. – Ninguém pode controlá-la – disse ele.

Malévola sabia o que Borra estava fazendo. Era o que fizera desde o momento em que se conheceram: ele a estava provocando, forçando-a a libertar a escuridão. Ela podia ter lutado contra isso antes, mas não agora. Mais magia verde pulsou através dela e para o ar.

– Eu não vou pedir de novo – ameaçou ela, voltando-se para Conall.

A tensão pairava no ar. Então, finalmente, ele se afastou para o lado.

Malévola não hesitou. Passando por ele, abriu as asas e ergueu-se do chão. Em instantes, estava fora do Ninho e voando pelo céu noturno. Seu flanco doía, mas isso não era páreo para a raiva que fervia dentro de si. Ela havia deixado Moors por apenas alguns dias e já estavam em perigo. Humanos. Conall poderia dizer tudo o que quisesse sobre o poder do amor e a capacidade de mudar. Mas aquilo eram apenas palavras. Ações falavam mais alto. E, agora,

as ações dos humanos estavam fazendo a cabeça dela gritar com as vozes da angústia de seus ancestrais.

Ouvindo asas atrás de si, ela se virou, meio que esperando ver Conall. Para sua surpresa, era Borra. Ele não disse nada. Mas Malévola sabia pela expressão em seus olhos por que ele estava ali, voando ao lado dela. O fada-macho das trevas ia ajudá-la a acabar com os humanos.

Em silêncio, voaram o restante do trajeto em direção a Moors. Mergulhando, Malévola e Borra aterrissaram em um grande galho de árvore com vista para a clareira das Flores de Cripta – ou melhor, o que *havia sido* a clareira. Era agora um trecho chamuscado, totalmente desnudo. Não havia sobrado uma única flor. Tudo o que restava eram marcas de botas na lama profunda.

Malévola conteve um grito, seu coração se partindo mais uma vez.

– Aqui é onde enterramos nossos mortos – ela sussurrou, explicando o significado para Borra. – Eles destruíram o lugar.

Borra fitou a devastação com um brilho nos olhos e depois se virou para ela. Sua voz não estava cheia da raiva habitual que Malévola percebia quando ele falava. Dessa vez, havia outra emoção, algo que soou quase como dor.

– Isso é o que os humanos fazem. Eles não passam de gafanhotos infestando a terra. Temos que detê-los. – Ele

fez uma pausa e gesticulou para o campo devastado. – Você passou anos cuidando de uma humana. Agora cuide de sua própria espécie.

Malévola encarou-o. Uma parte dela sabia que ele estava certo. Mas outra dava ouvidos a Conall, falando sobre esperança, dizendo que ela e Aurora haviam lhe mostrado outro caminho possível. Por que tinha que ser de um jeito ou de outro? Por que não podia simplesmente encontrar Aurora e deixar os outros humanos em paz?

De repente, um bando de pássaros irrompeu no ar.

Malévola sentiu o perigo e sabia que os humanos ainda estavam por perto. Empurrando Borra para o ar, ela também ganhou os céus.

– *Fogo!* – alguém gritou.

Atrás deles, dezenas de soldados, invisíveis até então, erguiam suas bestas. E atiraram. Balas de ferro cortaram o ar. *Fiss-fiss-fiss!* As balas vinham de cima, de baixo, de todo lado. Ela e Borra se abaixavam e desviavam, mas os soldados eram muitos e não havia lugar para se esconder.

O tempo pareceu desacelerar enquanto Malévola se esforçava para permanecer no ar e longe do ferro que a destruiria. Ela ouviu Borra gritando e os humanos bradando. Mas algo a estava puxando para trás, diminuindo sua velocidade. Enfraquecida pela ferida ainda não completamente curada, Malévola caía rapidamente. Ela não iria sobreviver à queda. Sabia disso. Olhou para o campo vazio enquanto esticou as asas e se preparava para o inevitável...

De repente, braços poderosos a envolveram e, um momento depois, asas cobriram seu corpo inteiro. Assustada, fitou os olhos carinhosos e bondosos de Conall. O tempo parou enquanto pairavam no céu, encapsulados juntos.

E então o corpo de Conall começou a convulsionar quando bala após bala o atingiram. Malévola gritou quando caíram em direção ao chão. Os dois aterrissaram com força e depois rolaram por alguns metros antes de parar. Por baixo de Malévola, Conall não se mexia.

Mas os soldados continuavam chegando, suas bestas armadas, prontas para acabar com eles.

Malévola ergueu a mão e o restante de sua magia verde foi derramado. Levantando raízes e galhos ao redor, ela formou uma barreira protetora. Os soldados dispararam, mas as balas ricochetearam nos escudos. Com uma das mãos no peito de Conall, Malévola olhou para fora e viu Borra soltar a raiva que ele mantinha represada.

Soldados caíram ao redor do fada-macho, um por um, enquanto ele se enfurecia. Borra arrebentou algumas costas com as asas enquanto batia em outras com galhos de árvores arrancados de troncos como se fossem gravetos.

Então, com um rugido tão alto que arrepiou Conall, agora quase inconsciente, Borra foi atrás dos últimos homens. O solo diante dele se abriu, engolindo os soldados. O ar se encheu de gritos.

Quando Borra terminou, só restou silêncio.

Os soldados haviam fugido. Lentamente, deixando os galhos e raízes se separarem, Malévola permitiu que Borra levantasse Conall nos braços. Então, juntos, fizeram o caminho de volta ao Ninho. Malévola não podia fazer nada além de voar, olhos fixos no guerreiro cujo rosto agora estava pálido, com os olhos fechados.

A luta, a queda e a magia haviam drenado toda a energia que restava. Mas, enquanto voavam, algo mantinha suas asas batendo. Era uma promessa simples, mas que iria cumprir até o fim. Faria os humanos pagarem. Até o último deles.

Em uma das torres de guarda do castelo, a rainha Ingrith esperava. Ela estava fazendo suas próprias promessas. Promessas de destruição. Promessas de tomar o poder. Promessas que fizera quase todas as noites. Só que, agora, ela poderia finalmente vê-las cumpridas.

Ouvindo uma comoção, ela olhou para baixo e viu uma fila de soldados se aproximando do castelo. A rainha podia enxergar, mesmo à distância, que os grandes sacos marrons que carregavam estavam cheios. Ela se permitiu um sorriso satisfeito.

O som de botas ecoando no piso de pedra a alertou da presença de Gerda e Percival, que haviam chegado à frente dos outros. Virando-se, esperou que eles fizessem o relatório. Seus rostos estavam sujos de terra e suas roupas em desordem, mas pareciam satisfeitos.

– Nós as pegamos – anunciou Gerda ao se aproximar. – Mais de mil flores!

– Malévola estava lá, Majestade – acrescentou Percival, ganhando um olhar severo de Gerda. – Ela estava em Moors com outros dois. Um deles se sacrificou por ela.

– Uma criatura salvou a outra? – Ingrith perguntou.

Percival assentiu.

Interessante, pensou. Ela não previra isso. Previra que as fadas das trevas cuidavam apenas de si mesmas, do jeito que Malévola cuidara apenas de si quando abandonou Aurora em Ulstead. Ingrith encolheu os ombros. Não importa. Não mudaria nada.

– Com ferro ou não – Percival continuou –, eles virão atrás de nós.

Deixando o balcão, Ingrith se juntou a Gerda e Percival no portão principal do castelo. Lá, lentamente pegou uma Flor de Cripta com a mão enluvada. Ela correu um dedo suavemente ao longo da pétala.

– Só podemos esperar – disse ela.

– Mãe?

Ouvindo a voz de Phillip, Ingrith se assustou. A Flor de Cripta caiu no chão. Ele estava parado, com os braços cruzados, olhando dela para os soldados e vice-versa.

– O que é isso? – ele perguntou.

Engolindo em seco, Ingrith tirou a luva e pegou a Flor de Cripta. A dor foi instantânea quando sua carne tocou a flor, mas reprimiu um grito e estendeu a mão para o filho.

– Era para ser uma surpresa – ela disse. – Flores reais para o seu casamento.

– Flores? – Phillip repetiu. – Elas não vão deixar você doente?

Ingrith sentiu pequenas gotas de suor se acumulando em seu couro cabeludo enquanto continuava a segurar a flor que lhe era nociva.

– Um pequeno sacrifício por Aurora. Ela merece – mentiu Ingrith. A rainha precisava fazer o filho acreditar que tudo estava bem. Ingrith entregou a flor a ele e rapidamente colocou a luva de volta. Imediatamente, sentiu a palpitação em seu coração começar a se acalmar e o suor diminuir. – Descanse um pouco agora – disse ela, levando Phillip de volta para dentro do castelo. – Em poucas horas, tudo vai acabar.

Enquanto ele desaparecia através das portas, Ingrith olhou para as Flores de Cripta e sorriu para si mesma sinistramente. De fato, em poucas horas tudo estaria terminado... para as fadas.

CAPÍTULO 13

MALÉVOLA OBSERVOU enquanto Borra deitava lentamente Conall no chão em frente à Grande Árvore. Eles haviam chegado ao Ninho quase tarde demais. A respiração de Conall estava rasa e o rosto, pálido. O sangue escorria por dezenas de ferimentos e se acumulava embaixo dele. A visão fez Malévola passar mal de culpa.

A árvore pareceu reagir à dor de Conall e ao sofrimento de Malévola. Suas folhas caíram e sua casca começou a pingar, como se estivesse derramando lágrimas. As raízes profundas se ergueram, criando um berço ao redor do fada-macho das trevas enquanto ele permanecia imóvel.

A notícia do que acontecera se espalhou rapidamente, e a câmara começou a ficar lotada enquanto as outras fadas se reuniam. Suas vozes eram sussurradas enquanto conversavam entre si. Malévola ouviu trechos de conversas. "Humanos." "Balas de ferro." "Ataque surpresa." E o pior: "Sacrifício".

Malévola olhou para baixo, para Conall, tentando acalmar seu coração acelerado. Aquilo não estava certo. Não era justo. Ela não lhe pedira que sacrificasse sua vida, ainda assim era quase como se ela soubesse que ele estaria lá. Que o destino deles havia sido escrito muito tempo atrás. Mas ainda assim parecia errado. Ela havia acabado de conhecer Conall. Agora, ia perdê-lo para sempre.

Ouvindo um fungar ao lado dela, Malévola virou-se para olhar. Uma jovem fada, uma que ela testemunhara aprender a voar, aproximou-se para ficar ao seu lado. A jovem estava chorando abertamente enquanto estendia a mão para tocar um dos muitos ferimentos de Conall. Vendo sua própria dor refletida no rosto da garota, Malévola cuidadosamente envolveu seus braços ao redor da jovem. A garota virou a cabeça para o ombro de Malévola e deixou as lágrimas fluírem. Cobrindo a garota com as asas, Malévola lentamente afagou a cabeça da menina enquanto, juntas, lamentavam.

Perdida no momento, Malévola não notou os olhos de Borra sobre ela enquanto confortava a garota. A raiva ainda estava lá, fervendo próxima à superfície enquanto ela permanecia ali, sob as pesadas folhas da Grande Árvore e ao lado de um Conall moribundo. Mas ela não precisava mostrar a Borra. Ele sabia. O sacrifício de Conall não afetara apenas Malévola. Impactara todo o Ninho. E, quando ele morresse, deixaria um vazio inacreditavelmente grande.

Diaval não gostava daquilo. Ele não gostava do Reino dos Moors sem Malévola, não gostava de estar preso à forma humana, e certamente não gostava de ser forçado a deixar Moors – de novo – para comparecer ao casamento de Aurora. No que lhe dizia respeito, ela deveria se casar em seu próprio castelo entre seu próprio povo, não do outro lado do rio, no frio Castelo de Ulstead.

E, no entanto, ali estava ele, acompanhando uma longa marcha do povo das fadas enquanto cruzavam Moors. O sol começava a nascer no horizonte, iluminando a região de vermelho, laranja e rosa. Diaval olhou para cima. O céu sem nuvens; era o dia perfeito para um casamento. Ainda assim, não conseguia afastar a sensação de que uma tempestade estava chegando, e isso o deixou desconfortável. Ele gritou com uma fada-cogumelo quando ela passou por ele, quase o derrubando.

Elizabeth Rudnick | 175

À frente, Lief, o conselheiro-árvore de Aurora, parou diante da fronteira. Knotgrass agitava-se nervosamente por ali, tentando manter a ordem.

– Todos fiquem juntos! – gritou. – Estamos prestes a deixar Moors.

– Segure na mão ou na asa ou na cauda de quem estiver mais próximo de vocês – acrescentou Flittle.

Satisfeito por estarem prontos, Lief rosnou e então atravessou a fronteira. Pela primeira vez em muito tempo, ele, e quase todas as fadas atrás, deixaram Moors e entraram no reino dos humanos.

Enquanto Knotgrass, Flittle e Thistlewit voavam em volta dele, Diaval mantinha a cabeça abaixada. A sensação em seu estômago ficava mais forte à medida que se aproximavam de Ulstead. Ele viu estandartes coloridos balançando-se ao sabor da brisa e ouviu sinos repicando alegremente, mas permanecia desconfiado. Eles estavam, em sua opinião, entrando em território inimigo. E, sem Malévola, estavam sem um verdadeiro guardião.

Aproximando-se do portão principal, Diaval avistou uma fila de soldados fortemente armados. Aquilo era estranho em contraste com a atmosfera festiva, e ele acelerou o passo para não passar muito tempo perto deles. Logo à frente, os guardas estavam orientando os convidados do casamento. Havia duas filas. Os humanos, uma mistura de nobres e plebeus, sendo guiados para um lado, enquanto o Povo de Moors era instruído a ir diretamente para a capela.

Quando Diaval se aproximou da capela, um soldado o deteve.

– Oh, eu estou com a noiva – disse Diaval.

Para sua surpresa, o soldado o retirou da fila.

– Pediram-nos para deixar a, hum, outra espécie – explicou ele, apontando para o povo de Moors –, encontrar seus assentos primeiro.

Por uma fração de segundo, Diaval ficou confuso. O que o soldado quis dizer? Então, a ficha caiu. Para o soldado, Diaval parecia um humano. Ele silenciosamente xingou Malévola por deixá-lo nesse estado horrível.

– Na verdade, eu sou um corvo – alegou ele, tentando esclarecer.

Foi a vez de o soldado parecer confuso.

– Um o quê?

– Um pequeno pássaro preto. Desse tamanho mais ou menos – disse Diaval, afastando as mãos uma da outra cerca de vinte centímetros.

O soldado deu de ombros, sem saber o que pensar. Mas a fila atrás estava crescendo. Impaciente, ele empurrou Diaval para ficar com os humanos e disse-lhe que esperasse. Então, ele se virou para o Povo de Moors e continuou a conduzi-los para a capela.

— Nós deveríamos nos sentar primeiro — resmungou um nobre próximo. — Eu não entendo. Por que temos que esperar por eles?

Quando outros humanos expressaram seu descontentamento por receber ordens para aguardar, Diaval escutou e observou. A sensação ruim em seu estômago piorou. Algo estava errado. Mas o quê? Por que estavam separando os dois povos? Aproveitando-se da distração, Diaval recuou e sumiu de vista. Ele não possuía asas para ajudá-lo, mas ainda tinha seus olhos e ouvidos. Poderia usá-los para descobrir o significado de tudo aquilo...

Aurora mal registrou a fanfarra do lado de fora das paredes de seus aposentos. Ela não ouviu os sinos ou a leve algazarra criada pelas centenas de convidados que começaram a chegar antes de o sol nascer. Era o dia do seu casamento, e já estava exausta.

Passara a noite quase sem dormir com as palavras de Diaval ecoando em sua cabeça. E se Malévola não fosse a culpada? Se ela não fosse a responsável, quem poderia ter

feito uma coisa dessas? Quando tentava parar de pensar e fechava os olhos, imagens da fada das trevas passavam por sua mente. Quando o sono finalmente chegou, seus sonhos foram atormentados por visões de chifres e magia verde e olhos ainda mais verdes. Ela finalmente desistiu de descansar e passou o restante da longa noite andando para lá e para cá em seus aposentos, chegando a uma simples conclusão: algo estava errado. Ela sabia. Mas não sabia o quê. Ou o que fazer.

Agora olhava para o vestido de noiva da rainha Ingrith – ou melhor, o seu. Estava pendurado diante dela, os padrões ornamentados parecendo mudar quando as pedrarias captavam a luz do sol que atravessava a janela. Seus olhos se desviaram daquele vestido para o dela, o original. Em contraste, era simples, sem bordados nem pedras preciosas. Seus dedos coçaram para vesti-lo. Ouvindo uma batida suave na porta, ela se virou e viu Phillip entrar. Ela balançou a cabeça.

– Eu sei, eu sei. Dá azar ver a noiva antes do casamento – ele disse, lendo a expressão no rosto dela. – Mas eu tinha que ver você. – Ele lhe ofereceu uma flor.

Aurora não estava mais ouvindo. Seus olhos estavam fixos na flor. Estendendo a mão, ela a pegou. Muito tempo atrás, Malévola havia lhe ensinado sobre a grande impor-

Elizabeth Rudnick | 179

tância das Flores de Cripta. Elas nunca deveriam ser tiradas do solo de Moors.

– Uma Flor de Cripta? Onde a conseguiu?

Ele olhou para a flor e depois de volta para ela e encolheu os ombros.

– Foi um presente... da minha mãe.

Como Aurora não disse nada, Phil lhe deu um beijo rápido no alto da cabeça e se virou para sair, sem saber que o cérebro de sua noiva estava girando.

– O sol já nasceu, Aurora. É o dia do nosso casamento. – Com aquelas palavras de despedida, ele foi embora.

Aurora ficou parada ali por muito tempo, os dedos tremendo enquanto segurava a flor sagrada. Não havia razão para que Ingrith tivesse uma Flor de Cripta. Não fazia sentido.

Rapidamente, Aurora saiu do quarto. Ela precisava encontrar Ingrith. Talvez a rainha tivesse uma explicação razoável para pegar tamanho tesouro. Mas, enquanto Aurora caminhava, não podia deixar de se preocupar com o fato de que esse sentimento perturbador e inquietante tinha algo a ver com a própria Ingrith.

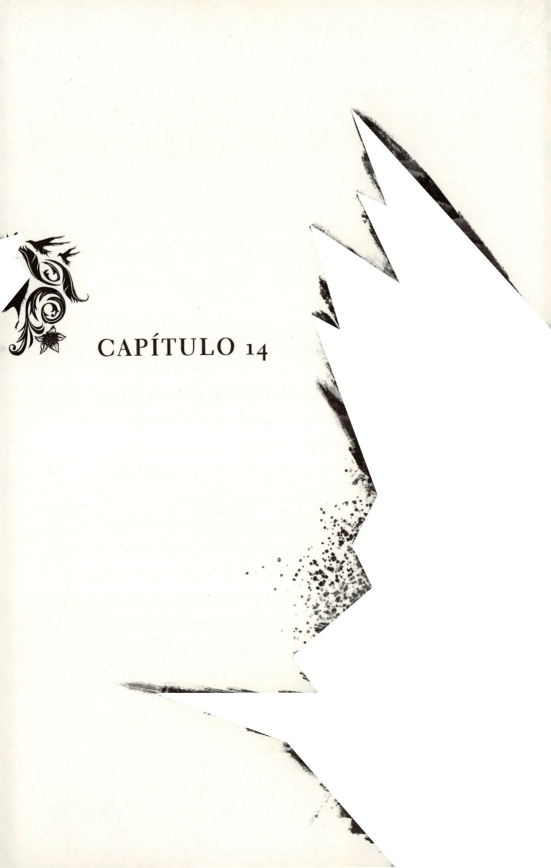

CAPÍTULO 14

AURORA FICOU CONTENTE pela primeira vez com a comoção que o casamento estava causando. Com todo mundo ocupado se preparando para o evento, ela foi capaz de escapar pelos corredores do castelo sem ser notada. Foi até o quarto da rainha e bateu. Como ninguém respondeu, ela abriu cuidadosamente a porta e deslizou para dentro.

O quarto estava escuro e silencioso. Ingrith já devia ter se vestido e saído. Lentamente, Aurora perambulou por ali, procurando. Ela não tinha certeza exatamente do que buscava – uma pilha de Flores de Cripta, um diário detalhando os pensamentos de Ingrith... O que quer que fosse, não achou. Então, ela se deslocou mais para o interior do aposento, entrando no enorme quarto de vestir. Os manequins em tamanho natural estavam à sua frente, sinistros sob a luz fraca.

De repente, um sussurro alto preencheu o cômodo. Os olhos de Aurora se arregalaram quando a ponta de seu dedo começou a doer. Olhando para baixo, ela viu que sua cicatriz, o lembrete físico de quando havia espetado o dedo e caído sob a maldição de Malévola, estava de um vermelho intenso.

O que estava acontecendo?

O sussurro em sua cabeça ficava cada vez mais alto à medida que se aproximava dos manequins. Era um som ao mesmo tempo familiar e desconhecido. Fechando os olhos, permitiu que o sussurro a guiasse, passando pelos manequins e contra a parede do fundo do quarto de vestir. O manequim mais próximo caiu com um baque quando ela empurrou a parede. O sussurro ficou mais alto, mais frenético. Aurora empurrou mais forte até que ouviu um clique. Então, uma porta secreta se abriu, revelando uma escada oculta.

Com o dedo latejando e a cabeça povoada por sussurros, Aurora atravessou a porta e desceu os degraus. Ela sentia como se seu corpo estivesse sendo controlado por alguma outra coisa – ou alguém. Era como se fosse uma marionete, com os pés subindo e descendo, conduzidos por cordões invisíveis. Quando chegou ao fim da escadaria, o sussurro ficou ainda mais alto. Agora quase um grito. O barulho embotou todo o restante. Ela nem sequer percebeu os frascos cheios de fadas ou o homenzinho próximo a elas, berrando com Aurora.

Tudo o que conseguia ouvir era o sussurro; tudo o que podia sentir era sua cicatriz, puxando-a para a frente. Movendo-se através do laboratório, ela não parou até estar no meio de uma alcova. E ali, diante dela, com o fuso cintilando perversamente à luz de uma dezena de velas, estava a roca de fiar.

Os sussurros pararam.

Quebrando o transe, Aurora olhou para baixo, para a roca. Com cuidado, estendeu a mão e tirou-a do pequeno quarto escuro. À luz mais clara do laboratório, a roca de fiar refletia a expressão de espanto da moça.

Por que a roca de fiar estava *ali*... no Castelo de Ulstead?

E então, num piscar de olhos, Aurora compreendeu.

Ela reviu o fatídico jantar. Ouviu Ingrith insultando Malévola, incitando-a à raiva enquanto falava sobre Aurora mudar-se para Ulstead e se tornar a filha que nunca teve. Ela sentiu a raiva de Malévola e observou quando a magia começou a se acumular ao redor da fada das trevas, fazendo Ingrith se agarrar ao marido com medo.

Mas agora também via a verdade. Ingrith não sentia medo. Ela não desejava que Aurora fizesse parte de sua vida. Aquelas foram apenas palavras para irritar Malévola e Ingrith levar a cabo seu plano. E ela o havia executado de forma brilhante. Ninguém pensou em olhar de perto enquanto a rainha se encolhia ao lado do marido, com o rosto pálido e as mãos trêmulas. Ninguém pensou em verificar se suas mangas compridas escondiam algo suspeito. E ninguém percebeu que, no mesmo instante em que o rei John estremeceu de dor, a ponta do fuso brilhou intensamente antes de desaparecer na manga de Ingrith mais uma vez.

Todo mundo estava focado em Malévola, sua magia verde, as histórias aterrorizantes sobre ela e o erro que cometera anos antes.

Havia sido a distração perfeita.

E Aurora, assim como todos os outros, havia caído nessa. Quando as imagens desapareceram de sua mente, soltou um grito de angústia e caiu de joelhos. Foi tomada pelo pesar. Ela havia implorado a Malévola que despertasse o rei John quando na verdade a fada era inocente. Ela virara as costas para Malévola, assim como seu pai, o rei Stefan, anos antes. Ela havia provado a Malévola que os humanos eram exatamente como achava: frios, cruéis e volúveis.

Oh, o que fizera?

Não. O que Ingrith a *fez* fazer?

Algo poderoso surgiu da raiva de Aurora. Determinação. Com um foco renovado, olhou para cima e viu Lickspittle

correndo em sua direção, agitando os braços e gritando para ela sair. Seus olhos se estreitaram quando finalmente reparou em seu entorno.

O que *era* aquele lugar?

Ela viu fileiras de jarros atrás do homenzinho. E em cada jarra havia uma fada.

– As fadas roubadas! – exclamou em choque. Então, olhou para o homem e sua confusão aumentou. – E você... você é um fada-macho!

O homenzinho zombou:

– Como se atreve a me chamar de uma coisa dessas!

Ignorando os protestos, Aurora estendeu a mão e levantou a parte de trás de sua camisa. Duas cicatrizes paralelas corriam pelas costas dele, um lembrete de suas asas.

– Eles removeram as suas asas – Aurora disse, horrorizada. Era uma das piores coisas que um humano poderia fazer com uma fada. No entanto, aquele duende parecia estar trabalhando para Ingrith. – Qual é o seu nome?

– É... Lickspittle – o homenzinho finalmente disse. – E eu sou um nobre!

Aurora sentiu uma estranha sensação de pesar pela criatura. A rainha havia arrancado suas asas, mantinha-o prisioneiro ali embaixo. E ainda assim ele continuava a

trabalhar para ela, traindo a própria espécie para fazê-lo. Ela teve que se perguntar: por quê?

Como se lesse seus pensamentos, Lickspittle continuou:

– Ela me prometeu: quando todas as fadas desaparecerem, eu estarei livre para partir.

– Desaparecerem? – ela repetiu a palavra, que parecia veneno em sua língua. – Mas nós temos que libertá-las! – Ela se aproximou, estendendo a mão. Seus olhos imploravam para ele enquanto apontava para todas as outras fadas, presas em jarros. Não mereciam isso. – Elas pertencem ao Reino dos Moors.

– Assim como você, Aurora... – A voz de Ingrith era inconfundível. Aurora se virou e viu Ingrith avançar sob a fraca iluminação. Seus olhos eram tão frios quanto seu tom de voz enquanto continuava a falar: – Uma humana. Que traiu a própria espécie.

Atrás de Ingrith havia dois soldados fortemente armados, com as mãos apoiadas em espadas e bestas presas às costas.

– Você! – Aurora exclamou. – Você pôs a maldição no rei.

Se esperava uma confissão chorosa e a admissão de grande e terrível culpa, ela não conseguiu.

– Ele foi útil – respondeu a rainha com frieza.

– Como pôde? – Aurora abriu a boca de espanto. Uma imagem do rei, o corpo imóvel em seu leito com Phillip

de luto ao lado, passou por sua mente. Ela olhou incrédula para a gélida mulher.

Ingrith ignorou o olhar. Em vez disso, atravessou a sala, deslizando os dedos pelos frascos e se demorando em um borbulhante.

– Você pode ser rainha, mas é muito jovem. Governar humanos é um pouco mais complicado do que correr descalça com flores no cabelo.

Aurora abriu a boca para protestar, mas o olhar penetrante de Ingrith a silenciou. A rainha continuou. Sua voz tornou-se mais grave quando contou para Aurora a sua história:

– Quando eu era jovem, o reino da minha família fazia fronteira com Moors. Num inverno particularmente duro, nossas colheitas morreram e as pessoas começaram a sofrer o mesmo destino. Quando olhávamos para além dos muros, podíamos ver as fadas prosperando. – À menção das criaturas, os lábios de Ingrith se contraíram num sorriso de escárnio. – Meu irmão e eu acreditávamos que devíamos pegar o que precisávamos. Nós merecíamos. Enquanto meu pai, o rei, contava com a bondade delas. Escolhendo a paz em vez do nosso povo, ele enviou meu irmão para fazer o que pedia. – Ela parou na frente de um frasco. No interior, a fada presa recuou freneticamente. Mas não tinha para onde ir. Ingrith sorriu cruelmente e continuou:

— Aqueles selvagens, criaturas que mal podiam grunhir e muito menos se envolver em conversas, o mataram.

Aurora sacudiu a cabeça.

— Eu não acredito.

Ingrith a ignorou.

— Nosso povo ficou com medo. Eles derrubaram meu pai e o território caiu no caos. Fui expulsa, forçada pelo destino a um casamento com o rei John de Ulstead, outro fraco falando de tolerância e civilidade. — As mãos de Ingrith se apertaram ao longo do corpo, ficando ainda mais pálidas do que o normal. Seu olhar duro pousou mais uma vez em Aurora. — E agora o meu próprio filho é corrompido por visões de harmonia! Mas a "paz" não será nossa ruína.

A rainha se aproximou de Aurora, que instintivamente recuou. Alisando as mãos na frente de seu vestido, Ingrith se recompôs. A centelha de raiva que demonstrou se fora. Mais uma vez, ela era gelo e pedra.

— Eu estou fazendo o que os homens antes de mim não conseguiram fazer. Porque, às vezes, é preciso um toque feminino. — Virando-se para ir embora, ela gesticulou para os soldados. — Agora, prendam-na. Há uma guerra chegando.

Antes que Aurora pudesse se mover, os soldados estavam em cima dela. Agarrando seus braços, eles a arrastaram para fora do laboratório. Atrás, viu as fadas – seu povo – baten-

do impotente contra os frascos, tentando salvar sua rainha. E agora também não podia fazer nada para salvá-las. Quando a porta de seus aposentos bateu e foi trancada, Aurora olhou para os jardins do castelo, muitos metros abaixo. Ela estava presa.

Ingrith estava livre para destruir as fadas – para sempre.

Oh, Malévola, onde está você? Aurora pensou enquanto batia seus punhos na porta trancada. Era inútil. Ninguém a ouviria pedindo ajuda. Ingrith tinha cuidado disso. Aurora esmurrou a porta furiosamente outra vez. Por que Malévola não voltara? Aurora não conseguiria enfrentar aquilo sozinha. Ela não podia ficar só vendo todos que amava serem destruídos, mas, sem Malévola, como poderia deter Ingrith?

Seus soluços ecoaram pela câmara quando cedeu à agonia. O dia que deveria ser o mais feliz de sua vida, o dia de seu casamento, havia se tornado o mais funesto.

Nos aposentos do rei John, Phillip sentou-se, olhando para o corpo imóvel do pai. O quarto estava escuro. Cortinas grossas haviam sido puxadas (por ordem da rainha), bloqueando toda a luz e o som. Na sinistra penumbra,

as enormes cabeças dos troféus de caça na parede pareciam maiores e mais assustadoras. Elas pareciam olhar para baixo, para o rei, como se achassem divertido ver o homem que lhes tinha tirado a vida agarrado por um fio à sua própria.

Phillip ergueu com cuidado a mão do pai e a colocou na sua. Parecia frágil, as veias visíveis sob a pele. Durante todos esses anos, Phillip pensara em seu pai como imbatível. Ele tinha tanta alegria de viver. De muitas maneiras, o rei John compensara o comportamento frio de Ingrith. Tinha sido um pai carinhoso. Estivera presente em todos os momentos importantes da vida de Phillip – desde os primeiros passos, a primeira vez que montou um cavalo, até o dia em que voltou para casa com sua primeira vitória numa batalha. E agora iria perder o mais importante de todos.

– Tudo o que eu mais queria era que estivesse aqui comigo – Phillip disse suavemente, a voz carregada de emoção. Ele fez uma pausa, como se por algum milagre os olhos do homem fossem se abrir e ele pudesse dizer: "Mas é claro, filho. Não perderia isso por nada neste mundo". Mas o rei permaneceu em silêncio.

Phillip teria que fazer isso sozinho. Ele se levantou.

– Espero deixá-lo orgulhoso.

Então, ele se virou e pegou a espada sobre uma mesa próxima. Metendo-a na bainha, fez menção de ir embora. Mas, quando o fez, o braço do pai se contraiu na cama. O tecido de linho da manga do rei deslizou contra os lençóis, fazendo com que a manga subisse em seu braço. Com o barulho, Phillip se virou. Seu pai ouvira suas palavras? Ele estava acordando? Mas o homem voltara a ficar imóvel. A única mudança era que agora seu braço estava exposto.

Os olhos de Phillip se estreitaram enquanto caminhava em direção ao pai. Ele se inclinou. Ali, pouco visível e antes coberto pelo tecido, havia um pequeno ponto vermelho. Era levemente elevado e a pele ao redor estava irritada. Phillip levantou o braço do pai, tentando ver mais de perto. O ponto lembrou-lhe a vez em que havia sido picado por um vespão. A picada era pequena e irritante, mas o incômodo não durou mais do que um dia. Poderia um vespão ter entrado no quarto? Phillip olhou para as grossas cortinas que cobriam as janelas. Dificilmente. Então, o que mais poderia ter causado aquilo?

Phillip abaixou o braço do pai. Ele precisava ir. Mas algo fez cócegas no fundo de sua mente, e isso o fez parar. A marca lhe parecia familiar de alguma forma.

Balançando a cabeça, Phillip foi em direção à porta. Era tolice ficar imaginando cenários impossíveis. Nada mudaria o fato de que ele estava prestes a se casar sem a presença de seu pai.

Elizabeth Rudnick

CAPÍTULO 15

CONALL ESTAVA MORRENDO.

Malévola não arredara o pé do lado dele desde que o colocaram ao lado da Grande Árvore. Ela permaneceu ali enquanto ele se debatia de dor, quando seu corpo finalmente se acalmou, e mesmo agora, enquanto ele lutava para respirar.

Lentamente, enquanto as outras fadas formaram um círculo ao redor deles, Malévola colocou a mão no peito de Conall. Ela ouviu a voz sussurrante de Borra e o som de passos enquanto ele e os outros guerreiros se moviam para fora da câmara sagrada. Ela tentou não ouvir enquanto falavam, mas seus ouvidos eram muito aguçados, e o tom de voz não era baixo o suficiente.

– Conall queria a paz – Borra estava dizendo. Malévola não podia vê-lo, mas imaginou que os olhos dele estavam vermelhos de fúria. – E eles o encheram de ferro. Agora teremos a nossa guerra. Nossa luta começa agora.

Enquanto os outros aderiam ao clamor, os dedos de Malévola ficaram tensos. Não era isso que Conall iria querer. Nem mesmo em seus últimos momentos de vida. Ele era gentil, compreensivo, disposto a enxergar outro caminho. Ela sabia. Mas Malévola estava em conflito. Ela também sabia que Borra não estava errado. Os humanos os estavam matando. Eles deveriam ficar de braços cruzados e deixar isso acontecer?

— Hoje o império humano vai cair! — Borra prosseguiu. — E nós *não teremos misericórdia*! — À medida que a voz dele ia diminuindo, o som de asas batendo preencheu a câmara. Os guerreiros estavam partindo.

Era hora de combater Ingrith e os humanos.

Ingrith estava satisfeita. Finalmente, depois de todo o planejamento e a armação, ela iria se vingar das fadas. Todos os obstáculos haviam sido removidos. Segundo suas instruções, Aurora encontrava-se presa em seus aposentos e todo o Povo de Moors estava, naquele exato momento, sendo trancado dentro da capela. Graças a Lickspittle, o pó de Flores de Cripta estava pronto para ser liberado. Tudo estava perfeito.

Até mesmo quando Percival lhe informou que havia um grupo de fadas das trevas se aproximando, Ingrith não se incomodou. Que venham. Elas não seriam páreo para o pó vermelho. Fossem as fadas grandes ou pequenas, o pó vermelho iria simplesmente destruí-las.

De dentro de sua torre, ela ouviu a música do órgão soar. Seu sorriso se alargou. Já podia até imaginar o que estava acontecendo naquele exato momento. Gerda devia ter tomado seu assento diante do grande instrumento que dominava a parede dos fundos da capela. Atrás dela, as fadas teriam se sentado em seus lugares, ansiosas para ver sua rainha caminhar pelo corredor. Mas mal sabiam que aquilo era o início de um massacre – não de um casamento.

Tinha sido ideia dela – e uma ideia brilhante, achava – colocar o pó vermelho de Lickspittle dentro dos grandes tubos do órgão. Quando Gerda começasse a tocar, o pó vermelho – feito de Flores de Cripta – seria puxado pelos tubos e então borrifado no ar, destruindo cada uma daquelas desprezíveis criaturas.

Quando a música ficou mais intensa, Ingrith assentiu com satisfação. Não havia como escapar da armadilha. Ela sabia que o pó começara a se espalhar pelos corredores. Ela se deleitava com o pensamento de que, à medida que a poeira tocasse as fadas, elas começariam a se transformar,

Elizabeth Rudnick | 197

uma a uma, até que não restasse mais nada além de uma capela de restos inanimados.

O massacre estava em andamento. Ingrith conseguira. Ela havia vencido.

Aurora esmurrou a janela de seus aposentos. Ela testemunhou quando as últimas fadas entraram na capela lá embaixo. Viu os guardas bloquearem as pesadas portas, tornando impossível para o povo das fadas sair. Mais uma vez, bateu os punhos contra o vidro, tentando chamar a atenção de alguém. Em vão. Ninguém podia ouvi-la. E os guardas do lado de fora de sua porta haviam recebido ordens para ignorar seus gritos.

Suas mãos detiveram-se quando encostou a testa na vidraça. Seus olhos se fecharam por um momento. Quando se abriram, ela ofegou. Piscou rapidamente, como se quisesse clarear sua visão. Mas não estava vendo coisas. Ao longe, planando rapidamente em direção ao castelo, havia um grupo de fadas das trevas. Como Malévola, eram magníficos em pleno voo. Suas asas se estendiam por quase quatro metros e, mesmo à distância, Aurora podia perceber a força. A esperança inundou seu peito. Será que Malévola poderia estar junto?

Com determinação renovada, Aurora andou de um lado para o outro. As fadas das trevas eram poderosas. Mas não conseguiriam derrotar Ingrith sozinhas. Ela teria que ajudá-las a deter a rainha e salvar seu povo. Mas como?

Então, seus olhos pousaram na longa cauda do vestido de noiva de Ingrith – a que Aurora deveria usar naquele dia. Ainda estava no manequim e uma ideia começou a tomar forma. Aurora se moveu em direção ao manequim, levantando a cauda nas mãos e puxando-a. O tecido era forte. Poderia funcionar...

Ela correu para a cama, tirou os lençóis e começou a amarrá-los uns nos outros. Quando ficou sem lençóis, amarrou as pontas na cauda do vestido de casamento. Atando-a à cabeceira da cama, fez uma pausa, olhando para a longa extensão da "corda" improvisada. *Tenho certeza de que não era isso que Ingrith tinha em mente quando me deu o vestido*, pensou, permitindo-se um leve sorriso.

Satisfeita por tudo estar em ordem, Aurora arrastou a corda até a janela. Usando os lençóis para proteger a mão, bateu com o punho contra o vidro várias vezes até que a janela se quebrou com um alto estrondo. Quando o vidro se estilhaçou e caiu lá embaixo, ela jogou a corda pela janela e deixou-a balançar. Então, correu de volta para a porta do seu quarto.

Logo em seguida, exatamente como havia previsto, os guardas entraram correndo. Reparando na corda, eles se apressaram até a janela e olharam para fora. Presumiram que Aurora havia descido por ela e escapado. Mas estavam errados. Distraídos com a janela quebrada e a corda feita com o vestido de casamento, eles não notaram a rainha dos Moors esgueirando-se pela porta aberta. Estavam confusos sobre o paradeiro da moça até ouvirem a porta bater e o clique da fechadura se trancando.

Agora eram *eles* que estavam presos, e Aurora, livre.

Mas não por muito tempo. Apressando-se pelo longo corredor, viu mais quatro guardas se movendo em direção a ela. Sua cabeça ficou a mil enquanto procurava uma rota de fuga. Parecia que sua única opção era outra janela. Através de uma vidraça aberta, podia ver sua corda improvisada pendurada. Respirando fundo, ela correu – e pulou. Suas pernas e braços movimentando-se no ar conforme tentava alcançar a corda. Seus dedos se conectaram com o tecido, e ela o agarrou enquanto era sacudida por um instante, o corpo balançando para a frente e para trás. Acima dela, ouviu um rangido alto quando a cama, à qual a corda ainda estava amarrada, começou a se mover, deslocada por seu peso.

O rangido foi ficando cada vez mais alto. Aurora engoliu em seco. Era só uma questão de tempo até que a cama deslizasse pelo quarto. E, quando ela se chocasse contra a parede, Aurora iria despencar para a morte. Freneticamente, começou a movimentar as pernas, balançando o corpo como um pêndulo.

Ela desceu um pouco mais quando a cama deslizou mais alguns bons centímetros pelo quarto. Agora estava dependurada em frente à outra janela. Se não descobrisse logo um modo de deixar a corda, ela morreria. Ouviu o órgão tocando na capela lá embaixo. E, então, seguiram-se os sons das fadas gritando. Foi um pesadelo. Aurora ficou ainda mais desesperada. Ela precisava chegar ao seu povo. Movimentando as pernas com ainda mais afinco, balançou-se cada vez mais rápido até que, com um estilhaçar de vidro, atravessou a janela mais próxima.

Seus pés pousaram no chão acarpetado dos aposentos do rei. Enquanto tentava recuperar o equilíbrio, seus braços se debateram descontroladamente. Ela estava prestes a cair para fora da janela quando uma mão se estendeu e a segurou no lugar. Olhando para cima, ela se viu encarando os olhos calorosos de Phillip.

– O que está acontecendo? – perguntou ele.

Aurora não teve chance de responder. Um forte estrondo sacudiu o quarto. Olhando pela janela quebrada, ela viu as fadas das trevas aproximando-se do castelo. Elas

mergulharam no ar e atacavam enquanto Percival e dezenas de outros soldados disparavam da torre da rainha.

Por um momento, Aurora ficou sem palavras. Nunca tinha visto algo tão belo na vida. As fadas das trevas pareciam imensos pássaros mitológicos com asas estendidas. Algumas eram vivamente coloridas, enquanto outras possuíam cores mais monótonas, como de areia e pedra. Algumas portavam grandes chifres, enquanto os de outras eram menores, mais colados à cabeça. Mas todas tinham uma coisa em comum. Malévola.

— São iguaizinhas a ela — constatou Aurora, finalmente recuperando a voz. Examinando o céu, esforçou-se para ver se a madrinha estava entre elas. Mas, ao mesmo tempo em que notava que alguns pareciam semelhantes, Aurora não viu Malévola. Seu peito arfou.

Phillip também ficou em silêncio enquanto observava as fadas das trevas se aproximando. Ele apontou para as criaturas aladas.

— Malévola está começando uma guerra! — ele exclamou. — Primeiro, meu pai, e agora isso.

Aurora ouviu a angústia na voz de Phillip e sentiu pena, mas ele estava enganado. Ela não disse nada enquanto via os soldados de Percival dispararem mais bestas. A munição, que não conseguia entender, parecia ser uma espécie de concha vermelha. O projétil voou e atingiu uma das fadas. Horrorizada, ela observou a fada das trevas explodir, transformando-se de uma forma sólida em água. Então, outra foi atingida e virou pó.

A arma de Ingrith. Só podia ser isso. O rosto de Aurora empalideceu quando ela mais uma vez se lembrou da Flor de Cripta que Phillip tinha na mão alguns dias antes. Ele lhe dissera que Ingrith lhe dera. Ela devia ter transformado as flores em arma e agora estava usando o pó contra o Povo de Moors e as fadas das trevas. Quando as fadas das trevas começaram a quebrar a formação, algumas mergulhando em direção ao centro da cidade, enquanto outras tentavam se aproximar da torre da rainha, Aurora virou as costas para a janela. Ela viu que Phillip estava se movimentando para sair, ansioso para parar a guerra que ele não entendia.

– Não foi Malévola – disse Aurora, finalmente falando. – Phillip, ela nunca o amaldiçoou. Foi sua mãe. Eu sinto muito.

Phillip abriu a boca para protestar, mas parou quando ouviu mais gritos do lado de fora. Seus ombros curvaram-se em desânimo.

– O que está dizendo? – ele perguntou suavemente, como se soubesse a resposta, mas precisava ouvir assim mesmo.

– Foi o fuso – disse Aurora, com o coração doendo ao ver a expressão de desgosto no rosto de Phillip. – A maldição

ainda está nele. – Com os sons da guerra ecoando lá fora, Aurora se moveu para o centro da câmara, para o leito onde o rei John estava deitado. Delicadamente, ela levantou o braço dele e puxou a manga para trás. – Sua mãe usou o fuso contra seu pai. Veja – ela disse, indicando a pequena marca vermelha quase imperceptível no rei.

Os olhos de Phillip se arregalaram com a dolorosa constatação.

– São iguais.

Aurora não pôde fazer nada além de concordar. Ela viu os pensamentos de Phillip transparecerem em seu rosto enquanto ele passava da incredulidade para a raiva e da raiva para a tristeza e de volta para a raiva. Ela não queria magoá-lo, mas precisava dele ao seu lado. Agora mais do que nunca. Puxando-o de volta para a janela, Aurora apontou para a capela lá embaixo.

– Ela trancou o meu povo lá dentro! – Sua voz se tornou mais frenética enquanto pensava sobre o que estava acontecendo, provavelmente, naquele exato momento. – Isso não é um casamento. – Ela olhou nos olhos de Phillip, desejando que ele acreditasse. – É uma armadilha.

Lentamente, Phillip estendeu a mão e apertou a de Aurora. Sua respiração travou.

– Temos que detê-la – disse ele.

Aurora exalou. Então, ela deu a Phillip um aceno de cabeça determinado.

– Vá! – ela disse. Não precisava dizer aonde. Ele sabia. Tinha que encontrar sua mãe. – Eu vou para a capela.

Juntos, correram para a porta. Tudo o que Aurora podia fazer agora era esperar que não fosse tarde demais.

CAPÍTULO 16

NÃO RESTAVA MUITO TEMPO. Malévola sabia disso quando olhou para Conall. O corpo dele estava desfalecendo, a respiração mais irregular. Por alguns breves instantes, ele pareceu se recuperar, e Malévola se permitiu um pouco de esperança de que talvez ele pudesse surpreender a todos e lutar contra os ferimentos.

Mas então enfraqueceu novamente. Os outros, percebendo que o fim estava próximo, despediram-se e deixaram Malévola e Conall sozinhos. A sala estava silenciosa agora e estranhamente aconchegante – apesar do fato de Conall estar morrendo em frente à Grande Árvore.

Malévola não sabia ao certo o que fazer ou o que dizer. Mas então pensou em Aurora, que sempre a encorajara a falar o que pensava – e com o coração. Ela podia guardar as emoções para si como sempre fizera, mas que bem isso faria? Como ajudaria Conall em seus últimos momentos de vida? Respirando fundo, ela se ajoelhou e pegou a mão de Conall. Que fosse sincera.

— Você salvou a minha vida... duas vezes — disse ela, surpresa ao ouvir a voz falhar devido à emoção.

A boca de Conall se abriu quando ele tentou buscar ar e energia para falar. Vendo-o lutar, Malévola sentiu seus olhos se encherem de lágrimas. Era difícil acreditar que apenas alguns dias antes ele tivesse sido a imagem da força. Mas se por um lado seu corpo estava fraco, por outro ainda havia força em seus olhos ao encará-la.

— Lembre-se de onde veio — disse ele. — Eu fiz a minha escolha. Você deve fazer a sua.

Por quê? Malévola queria chorar. *Por que você fez a escolha de me salvar?* Mas essas palavras não saíram.

— Eu não quero que você morra — disse ela em vez disso.

— Sempre foi a minha hora — disse Conall. — É só a morte. — Enquanto falava, ele se esforçou para se sentar. Estendendo os braços, ele segurou o rosto de Malévola em suas mãos, esfregando suavemente a bochecha úmida de lágrimas com o polegar.

Afastando-se, ela deitou devagar Conall quando o último suspiro deixou o corpo dele. Quando isso aconteceu, uma luz azul pulsante começou a deixá-lo, preenchendo o ar entre eles. Arfando de surpresa, Malévola inalou a luz.

A sensação foi imediata. O ferimento em sua barriga desapareceu quando o espírito de Conall foi absorvido por seu

208 | Malévola: dona do mal

corpo e começou a se espalhar. Ela sentiu uma nova força irradiar por seus músculos, e suas asas se estenderam bem abertas, vibrando com poder. Olhando para baixo, viu a magia verde se acumulando na ponta de seus dedos, vibrando e pulsando, pronta e esperando para ser liberada. Levantando-se, Malévola se alongou e então seus olhos se arregalaram.

Como ela, a Grande Árvore estava absorvendo o espírito de Conall. Era como as Flores de Cripta, deu-se conta. Uma conexão entre os vivos e os mortos; detentora de toda a magia das fadas que haviam passado deste mundo para o próximo. Enquanto observava, um novo galho cresceu na árvore. Folhas verdes viçosas brotaram e amadureceram até ficarem espessas. Estendendo-se como um braço, o galho cobriu Conall por completo até ele sumir de vista. Momentos depois, quando o galho se elevou, Conall havia desaparecido. Tornara-se parte da árvore. Ele finalmente estava em paz.

Malévola, no entanto, não estava. Com a força renovada veio a fúria renovada. Ela queria vingança. Vingança contra aqueles que haviam tirado Conall dela e contra aqueles que representavam toda a tristeza que as fadas das trevas haviam sofrido. E agora, com o retorno de suas forças, ela exigiria aquela vingança, não importava a que custo.

Lançando os olhos uma última vez para a Grande Árvore, Malévola endireitou os ombros e então, abrindo as asas, levantou voo.

Ingrith estava radiante.

De pé em sua torre, observava através de seu telescópio enquanto meia dúzia de fadas das trevas se abaixavam e desviavam, tentando escapar dos projéteis vermelhos que os soldados disparavam avidamente. Gritando para seus guerreiros, o líder das fadas fez sinal para mergulharem. Eles desceram até o rio e, em seguida, voaram baixo próximos à superfície antes de se esgueirarem pela fachada do castelo. Perto do muro de pedra, os soldados não conseguiam uma boa mira, de modo que as fadas podiam voar em segurança.

Ou pelo menos era o que pensavam.

Ingrith sorriu alegremente quando o primeiro deles voou direto para sua armadilha.

Batendo as asas, eles deslizaram ao longo da parede até chegarem ao topo. Uma fileira de pipas decorativas agitava-se com a brisa diante deles. Observando a inofensiva decoração, as fadas se moveram nessa direção.

Ingrith prendeu a respiração, esperando o momento quando eles se aproximassem. Mais perto. Mais perto ainda. Quando estavam quase em cima das pipas, Ingrith gritou:

– Disparem!

Ao comando, os soldados atiraram: diretamente nas pipas. Em um instante, detonadores ocultos até então se acenderam. As pipas se transformaram de decoração inofensiva em nuvens de poeira vermelha. Enquanto Ingrith observava com prazer, quatro das fadas voaram direto para o pó. Imediatamente, explodiram em água, areia e gelo. O líder mal conseguiu evitar a poeira. Deixando escapar um grito de raiva, ele foi para cima dos soldados.

Mas não importava. Não mais. Ingrith tinha conseguido exatamente o que queria: foi um massacre.

Virando-se, ela se afastou da beirada da torre. Gesticulando para um dos jovens soldados, pediu uma atualização. Gerda ainda estava na capela, relatou o soldado. Muitos já haviam sido transformados e os que ainda não, estavam presos ali. Era só uma questão de tempo.

– Mãe. – O som da voz de Phillip sobre o turbilhão de pó vermelho surpreendeu Ingrith. Ela se virou e o viu de pé do outro lado da torre, com as mãos cerradas ao lado do corpo, o rosto uma máscara de desapontamento e raiva. – Você precisa parar.

Ingrith sacudiu a cabeça.

– Estamos em guerra – disse ela.

– Isto não é uma guerra! – Phillip retrucou, todos os traços de paciência e bondade tendo desaparecido de sua voz. – É um massacre!

Se o alvo da fúria do filho não fosse ela própria, Ingrith teria ficado bem impressionada com a súbita determinação de Phillip. Mas agora não tinha tempo para ouvir um sermão. Ela precisava que ele entendesse.

— Essas criaturas estão entre nós e tudo o que merecemos. Ulstead nunca florescerá enquanto viverem... enquanto elas têm o que nós não temos. Estou protegendo o reino e seu futuro.

Os olhos de Phillip se estreitaram com suas palavras.

— E quanto ao meu pai? Você também o estava protegendo?

Ingrith reprimiu um grunhido. A súbita demonstração de força do filho acontecia no momento mais inoportuno e ela queria acabar com aquilo. Virando-se para Percival, que observava silenciosamente a mãe e o filho, apontou para Phillip.

— O príncipe não está se sentindo bem. Trate de conduzi-lo aos seus aposentos.

Com seu comando emitido, Ingrith voltou a atenção para o céu. Atrás dela, Percival hesitou, sem saber o que fazer. Antes que ele pudesse fazer algo, Phillip agiu. Correndo para a borda, o príncipe saltou. A cabeça de Ingrith girou ao redor enquanto ela observava o corpo do filho pairar no ar por um momento. Um grito começou a subir em sua garganta, mas deteve-se quando viu os longos braços de

Phillip se estenderem e agarrarem a corda de uma pipa que passava. Solta das muralhas, a pipa flutuava livremente pelo céu. Mas, com o peso de Phillip, começou a cair.

Um momento depois, Percival seguiu Phillip. Saltando da borda da torre, ele agarrou os tornozelos do príncipe. Então, enquanto Ingrith observava, eles começaram a sair do alcance de sua vista, descendo em direção ao chão lá embaixo.

Ingrith sentiu os olhos dos outros soldados sobre ela, mas não lhes deu a satisfação de uma reação. Ela não podia se dar ao luxo de recuar. Não agora, quando a vitória estava tão perto. Phillip escolhera o dia errado para se tornar um homem. Enquanto os soldados pegavam Aurora e a arrastavam para longe, Ingrith assistiu à luta de Phillip e Percival levá-los ao gramado. Ela o deixou para lá.

Mas, quando seu olhar se moveu sobre a torre, avistou algo – ou melhor, alguém – no horizonte. Uma nuvem espocando relâmpagos verdes estava crescendo. O sorriso de vitória de Ingrith vacilou.

Malévola estava chegando...

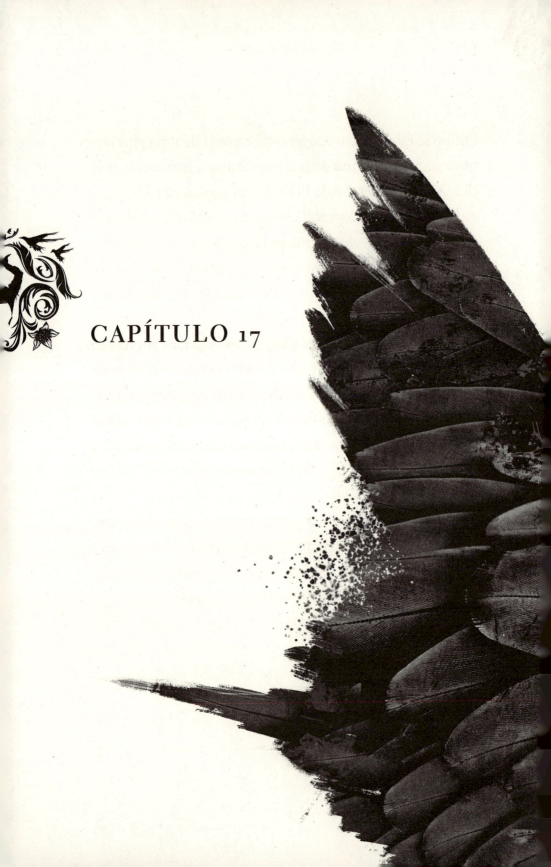

CAPÍTULO 17

DIAVAL LUTAVA CONTRA as cordas que prendiam suas mãos. O fio grosso escavava sua carne, fazendo com que ardesse e queimasse. Mas ele mal registrava a dor. Estava concentrado demais nos soldados que mantinham guarda sobre ele, seus dedos descansando nas armas. Eles o olhavam, sentindo prazer no que pensavam ser sua dor.

Depois de sair da fila de humanos, Diaval conseguira escapar dos guardas e soldados tempo suficiente para chegar à capela. Seus olhos se arregalaram de terror quando viu o pó vermelho, criado a partir das Flores de Cripta que outrora marcavam as sepulturas das fadas caindo sobre o povo de Moors aprisionado. Cada fada atingida era imediatamente transformada em sua forma "natural". Fadas-cogumelos se tornavam meros fungos. Fadas dente-de--leão voltavam a ser flores, enquanto as fadas das árvores ficavam rígidas, as pernas tornando-se raízes que se enterravam no chão da capela. Horrorizado, Diaval até viu

Flittle, a fada doce e de enorme coração, ser transformada em um arbusto de flores enquanto tentava salvar as outras. Foi traumatizante.

E então Aurora chegou e a esperança se acendeu.

– Aurora... – Diaval disse, agarrando a menina e puxando-a para um abraço apertado. Ele sentiu os braços finos da garota envolverem-se firmemente ao redor dele e, por um momento, apenas se agarraram um ao outro, enquanto, do outro lado da porta, as fadas berravam por ajuda.

– Precisamos libertá-las – ela gritou, soltando-se. Freneticamente, Aurora começou a puxar a porta.

Distraído, Diaval não ouviu os soldados até que fosse tarde demais. Mãos ásperas agarraram-no, puxando-o para trás e para longe de Aurora.

– Solte-o! – Aurora gritou.

Em resposta, outra dupla de soldados a agarrou.

Diaval se debateu e lutou. Mas não adiantou. Num piscar de olhos, os soldados se lançaram sobre Diaval. Seus corpos pesados e fedorentos o cobriram enquanto ele se debatia, tentando encontrar liberdade e ar fresco. Os uniformes dos soldados e o brilho metálico de suas armas o cercaram.

De repente, um alto rugido rompeu o barulho do ataque. Para surpresa de Diaval, o rugido vinha dele. Olhando para baixo, viu que não tinha mais as frágeis mãos de dedos longos de um humano, mas as enormes patas de um urso negro. Soltando outro rugido, ele se pôs de quatro. Os soldados saíram voando quando Diaval começou a afastá-los como se não fossem nada além de insetos.

Diaval ouviu mais gritos atrás. E ele sabia o porquê. Sua transformação havia deixado claro o suficiente, mas as palavras de Aurora confirmaram isso.

Olhando para o céu, um sorriso apareceu no rosto assustado de Aurora.

– Malévola.

Diaval recuou e soltou outro rugido. Todo mundo ia pagar.

Virando-se, ele sacudiu o último dos soldados e depois investiu contra as portas da capela. A madeira se fragmentou tão facilmente quanto um palito de dente. O Povo das Fadas que havia escapado da transformação começou a sair da capela e correr em busca de refúgio. Diaval se certificaria de que estivessem seguros. Coube a Malévola cuidar do resto.

As asas gigantes de Malévola batiam poderosamente enquanto ela se aproximava voando de Ulstead. A raiva que tinha começado enquanto acompanhava a vida de Conall se esvair fortalecera-se enquanto sobrevoava as águas do rio. Agora, conforme chegava à fronteira com o reino, sua raiva fervilhava. A magia verde irrompia dela em poderosas ondas de choque, derrubando qualquer coisa e qualquer um que caísse em seu caminho.

Chegando mais perto, ela agitou as mãos, abrindo um enorme buraco na terra em frente ao castelo. Soldados em guarda caíram gritando no abismo. Outro movimento de seus dedos e um tornado se formou no céu, sugando ainda mais soldados. Em vão, os homens dispararam contra ela, tentando derrubá-la. Mas Malévola estava voando muito alto e muito rápido. Ela facilmente os evitava.

Quando avistou a fachada branca radiante, a fada das trevas riu da ironia. A rainha que chamava o castelo de lar tinha um coração escuro e fumegante – a coisa mais distante do branco puro. *O castelo deveria ser escuro e fumegante também,* pensou Malévola. Ela se permitiu um sorriso. Resolveria isso.

Mas primeiro tinha outro trabalho a fazer. Observando Udo preso em uma linha de pipa, ela se aproximou. As garras afiadas em suas asas cintilaram quando cortou a linha, libertando-o. Então, ela examinou o castelo em busca de qualquer sinal da rainha Ingrith. Seu olhar era selvagem, ardendo de fúria e determinação. Não localizando a presa,

| Malévola: dona do mal

Malévola voou mais baixo. Ela pegou e atirou para o lado os soldados que estavam em seu caminho.

Tudo o que ela queria era Ingrith.

Para destruí-la.

Mas onde ela estava?

Pairando diretamente acima do castelo, Malévola notou partículas de poeira vermelha emanando da capela. A fumaça subia para o céu, onde se misturava com as nuvens antes de sumir de vista. Malévola também viu dezenas de fadas fugindo apavoradas pelas portas da capela. Ela viu Knotgrass atacando Gerda, a líder dos soldados de Ingrith. Knotgrass a empurrava para longe de um órgão, do qual o pó soprava. Mas Malévola não viu Thistlewit nem Flittle. Seus olhos se estreitaram quando ela voou baixo para um olhar mais atento e avistou o que ela sabia imediatamente serem os restos mortais do Povo das Fadas. Estariam as fadinhas entre os restos? Quantas vidas foram perdidas por causa de Ingrith? Sua raiva aumentou.

Malévola se afastou da capela. No céu atrás dela, viu os guerreiros fadas das trevas – ou o que restava deles – vindo em sua direção. Ela assentiu. Entendeu que precisaria de ajuda para derrotar Ingrith. A poeira vermelha era uma arma muito poderosa, até mesmo para ela.

Phillip não podia acreditar que tivesse chegado a isso. Seu casamento fora um massacre. Sua mãe estava em guerra contra todas as fadas. Ela envenenara o pai dele. E agora o príncipe mergulhava no chão, agarrando-se impotente a uma pipa enquanto um de seus mais antigos e queridos amigos se agarrava a seus pés.

Pousando no chão duro com um baque surdo, os dois homens se soltaram da pipa. Phillip pôs-se de pé em um instante. Do outro lado do gramado, a capela. Ele tinha que chegar lá – por Aurora e pelo Povo das Fadas. Então correu.

Mas, um instante depois, Percival atacou-o pelas costas, derrubando-o no chão mais uma vez. Eles rolaram sobre a grama, trocando golpes. O braço de Percival se afastou e ele procurou acertar um murro em Phillip, mas o príncipe se desviou bem a tempo. Levantando num salto, ele se pôs em guarda usando os próprios punhos fechados, como um lutador de boxe. Os dois homens ficaram saltitando assim, frente a frente. Se Phillip não estivesse tão zangado, ele poderia ter rido. Aquilo o lembrou de quando os dois eram meninos, aprendendo a lutar enquanto seu pai os aplaudia. Naquela época, era por diversão. Agora, lutavam para valer.

– Renda-se! – Percival gritou, pulando para a frente e fazendo Phillip dar um rápido passo para trás.

Phillip continuou se movendo enquanto ele balançava a cabeça.

– Minha mãe colocou uma maldição sobre o rei para que ela pudesse destruir as criaturas de Moors – disse Phillip, tentando fazer o velho amigo perceber a verdade. – Seus homens estão pagando muito caro. – Enquanto ele falava, outro soldado soltou um grito quando uma das fadas das trevas o largou lá do alto. Os passos de Percival diminuíram e a dúvida transpareceu em seus olhos. Phillip abriu a boca para lhe contar mais coisas quando de repente houve um rugido alto. Percival foi derrubado por um borrão de asas e pele gasta.

De repente, Phillip se viu olhando para uma fada das trevas. A primeira coisa que passou pela mente dele foi Malévola. A criatura se parecia muito com a madrinha de Aurora. Tinha as mesmas asas grandes e chifres; mas, enquanto as asas de Malévola eram escuras e sua pele pálida e lisa, essa fada tinha asas cor de areia e sua pele era áspera e desgastada.

Era Borra. O fada-macho tinha fúria nos olhos e raiva no coração. E seu alvo era Phillip.

Enquanto o príncipe o observava, os olhos de Borra se estreitaram. Com um poderoso bater de asas, ele voou em direção a Phillip.

Mas, assim que as mãos daquela fada das trevas estavam prestes a se fechar em torno da garganta do príncipe, houve um tiro e Borra caiu no chão. Ele ficou lá por um momento, com um ferimento chiando no ombro.

Buscando o autor do disparo, Phillip viu Percival sentado, segurando uma besta nas mãos trêmulas.

– Obrigado – ele articulou com os lábios, o alívio inundando-o.

Mas o sentimento foi de curta duração. Enquanto Phillip observava, horrorizado, Borra pôs-se de pé. Indo em direção a Percival, que recuou na tentativa de fugir, a fada se inclinou e pegou a besta do humano. Então, erguendo-a, ele a jogou no chão, partindo-a em pedaços. Voltando sua atenção mais uma vez para o humano, Borra rosnou e estendeu a mão, pronto para fazer com Percival o mesmo que havia feito com a besta.

A respiração de Phillip estava tensa enquanto ele ficou ali parado, congelado. Não conseguia acreditar em tudo que estava acontecendo. A traição de sua mãe. Sua total indiferença por todas as vidas perdidas – tanto humanas como de fadas.

O desejo insano de sua mãe era destruir Moors e todas as criaturas que lá viviam. *Não*, pensou mais uma vez. Sua mãe não fazia mais sentido para ele. E também já não fazia parte de sua família, ele percebeu. Família não fere nem destrói uns aos outros. Família não mente nem trai. Ingrith deixara de ser sua mãe no momento em que escolhera sua vingança em detrimento dele e de seu pai. Sua família era Aurora. A felicidade dela era a sua. O futuro dela era o seu. E ele lutaria até o último suspiro para salvar ambos.

Os gritos de Percival despertaram Phillip para o momento. Lentamente, ele ergueu a espada bem acima da cabeça e deu um passo à frente. Sabia o que tinha que fazer. Era o que ele deveria ter feito muito antes. Distraído, Borra não notou Phillip quando ele se aproximou. Não o percebeu até que o príncipe pressionou a ponta da espada no pescoço do fada-macho. Instantaneamente, sua carne começou a queimar.

– Afaste-se – Phillip ordenou.

– Vá em frente – disse Borra, pressionando o pescoço contra a lâmina, imune à dor.

Percival olhou para cima, com surpresa estampada no rosto.

– Phillip – ele começou –, estamos sob ataque!

Mas Phillip sacudiu a cabeça.

– Esta não é a minha luta. Quem quis essa guerra foi a rainha e você a está dando a ela.

Do chão, Percival olhou para ele com respeito, como se estivesse vendo Phillip pela primeira vez. O príncipe

assentiu para o amigo. Por muito tempo, ele fora uma testemunha silenciosa da crueldade da mãe. Estava farto de deixá-la arruinar tudo o que ele achava bom. Mais uma vez, ele se virou e se dirigiu a Borra:

– Eu não vou permitir que o ódio dela arruine o meu reino nem o seu. Não terei sangue de fada em minhas mãos. – E largou a espada. Ela aterrissou no chão, quicou uma vez e depois ficou imóvel. Na luz fraca, a lâmina brilhava.

Por um longo e tenso momento, os dois homens e o fada das trevas ficaram imóveis. Phillip manteve o olhar fixo em Borra enquanto atrás deles uma explosão de magia sacudia o ar. Finalmente, a fada fez um gesto mínimo de aprovação com a cabeça. Ele viera para matar Phillip, mas agora, a contragosto, descobrira que não podia. Mas isso não significava que outros não pudessem. Com um bater de suas poderosas asas, ele se ergueu no ar e voou em direção às outras fadas das trevas.

Phillip caiu de joelhos. O ar que ele estivera contendo exalou de seus pulmões. Permaneceu ajoelhado ali, de cabeça baixa, enquanto tentava recuperar a compostura. De repente, uma sombra caiu sobre ele. Olhando para cima, viu Percival de pé, com a mão estendida.

– Meu príncipe – disse Percival.

Aceitando a mão estendida, Phillip ficou de pé. Percival não precisava dizer mais nada. Seus olhos disseram o suficiente. A dúvida que tivera fora dissipada. Em seu lugar, estavam a fé e a confiança. Percival, como Phillip, agora sabia a verdade sobre Ingrith. E juntos, iriam detê-la. De uma vez por todas.

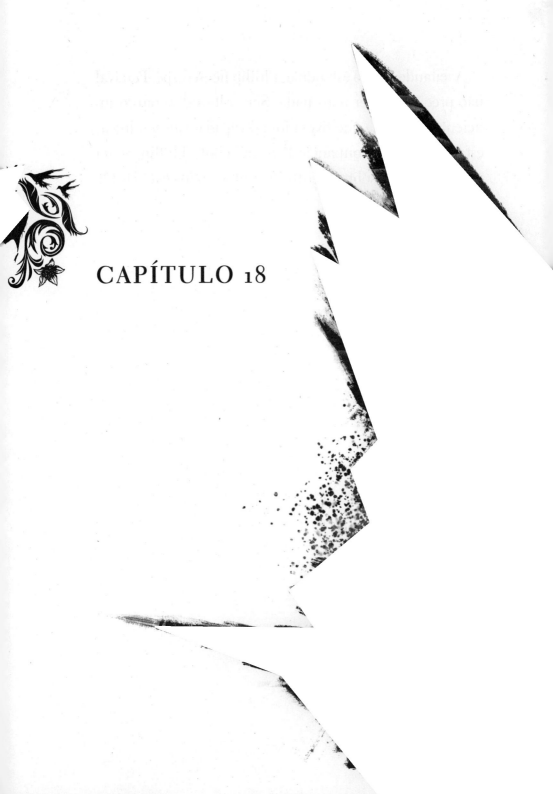

CAPÍTULO 18

MALÉVOLA OUVIU OS GRITOS de terror dos soldados lá embaixo. Ela percebeu o medo deles enquanto lançava onda após onda de magia contra o chão. Cheirou o fogo que começava a queimar o terreno do Castelo de Ulstead. E isso a fez sentir-se forte.

Mas havia outra parte dela, uma parte menor e não tão ruidosa, que protestava contra essa destruição inconsequente. Parecia-se muito com Conall, implorando para que parasse e pensasse no que estava fazendo e quem estava ferindo.

Ela abafou essa parte. Não lhe serviria de nada quando finalmente encontrasse Ingrith. Precisava da ira para derrotar a rainha. Avistando um soldado ao ar livre, Malévola mergulhou e levantou-o para si. Enquanto pairavam no ar, as pernas do humano debatendo-se impotentes, ela o encarou, furiosa.

– Onde ela está? – rosnou.

Tremendo, o soldado apontou para uma das duas enormes torres que se destacavam no Castelo de Ulstead. A torre da rainha. Claro. Malévola deveria saber que a rainha estaria lá, bem acima de tudo, observando os eventos se desenrolarem de onde se julgava em segurança.

Mas ela não estava segura. Não mais.

Largando o soldado, Malévola voou direto para a lateral da torre. A fúria ardia em seus olhos quando chegou ao topo e avistou a rainha Ingrith. A mulher estava em pé no centro da torre, os braços ao longo do corpo, o rosto uma máscara de fria tranquilidade, apesar do caos reinante lá embaixo. Soldados a protegiam, guardando as bordas, suas armas preparadas. Duas enormes catapultas – carregadas com barris de pó vermelho – estavam apontadas diretamente para Malévola.

A fada das trevas não tinha medo do pó vermelho ou da morte que ele traria – contanto que pudesse chegar a Ingrith primeiro. Pairando no ar, ela olhou para a vil rainha. O vento chicoteava seu vestido e seus cabelos, que haviam se soltado, conferindo-lhe uma aparência mais selvagem e mais maligna. *O que levara aquela mulher a sentir tanto ódio?* Ocorreu-lhe, de uma maneira bastante desagradável, que ela e a rainha tinham isso em comum, pelo menos. O ódio. E a necessidade de vingança.

A única diferença era que Malévola não tinha começado essa guerra. Fora Ingrith.

Descendo no lado oposto da torre, Malévola manteve o olhar fixo na rainha. Dois soldados se colocaram entre elas. Mas, com um mero movimento do dedo, Malévola os lançou de lado. Agora, eram apenas as duas.

Malévola teve bastante tempo no Ninho para pensar no jantar e em tudo o que havia acontecido. Sabia que Ingrith usara o temperamento e a reputação de Malévola contra ela própria. A parte que irritou Malévola foi que havia deixado sua vulnerabilidade transparecer. Seu amor por Aurora a enfraquecera. O pensamento fez sua raiva crescer, e ela ergueu a mão, pronta para atacar Ingrith com uma onda de magia.

Mas as palavras da rainha a detiveram.

– Matar-me seria tão fácil – disse ela, apontando para o braço erguido de Malévola. – Um gesto de mão e você terá sua vingança. A sua espécie é mais previsível do que os humanos.

Em resposta, as presas de Malévola brilharam e sua mão se elevou. Mas uma voz a fez parar.

– Malévola! Não!

Virando-se, Malévola viu Aurora surgir correndo na torre. Seu rosto estava coberto de terra, o vestido rasgado, mas o olhar era tão forte – e bondoso – como sempre. Observando a dupla, Ingrith sorriu cruelmente.

– Bem, *quase* tão previsível.

Ignorando a mulher fria, Aurora se apressou e se pôs como uma pedra entre Malévola e Ingrith.

– Eu tentei fazer você ser algo que não é – ela disse suavemente, com os olhos fixos em Malévola.

Assim, de perto, Malévola agora podia enxergar também a dor nos olhos de Aurora, enquanto implorava por perdão.

– Lamentarei para sempre por isso. Mas eu sei quem você é e sei que há outro jeito – disse Aurora.

Malévola levantou uma sobrancelha perfeitamente arqueada.

– Você não me conhece – vociferou ela. *Você duvidou de mim. Você confiou* nela *em vez de confiar em* mim, ela quase acrescentou. Mas conteve as palavras amargas. A voz calma e gentil de Conall ecoou em sua mente, lutando contra sua própria raiva, diminuindo-a. Esperança, Conall havia dito. Ela e Aurora haviam lhe dado esperança. Ele acreditara no poder do amor de Malévola por Aurora acima de todas as coisas e no fim das contas se sacrificara para que pudessem se unir. Seria capaz de deixá-lo morrer em vão?

Aurora, percebendo a hesitação nos olhos de Malévola, lentamente estendeu a mão.

— Eu conheço você – insistiu ela. – Você é minha mãe.

A cabeça de Malévola se levantou. Seus olhos fitaram Aurora. *Mãe*. A palavra ecoou em sua cabeça, trazendo momentos e lembranças de Aurora como um bebê, uma garotinha e uma jovem mulher, feliz e sorridente. Aurora, estendendo a mão e segurando delicadamente o chifre de Malévola na mão gordinha. E então a palavra mudou, transformou-se, saltando para lembranças mais recentes. Lembranças das jovens fadas aprendendo a voar, de sentir a asa de Conall roçar a dela e de seu olhar amoroso enquanto se sentavam perto do fogo. Ela passara tanto tempo acreditando que era um monstro que quase não entendera por que Conall confiara nela. A fada das trevas não era a fera que Ingrith disse que era. Ela era uma mãe. Uma amiga. Uma companhia.

E Malévola pensou, com a mente resoluta, que ela era e sempre seria uma protetora.

Sentindo a mudança em Malévola, Ingrith reagiu instantaneamente. Ela levantou uma enorme besta na frente dela. Com o dedo no gatilho, sorriu mais uma vez e depois... atirou.

Em um instante, uma enorme nuvem de poeira vermelha atingiu Malévola em cheio no peito. Quando o ar explodiu em vermelho, Aurora gritou de angústia.

Um instante depois, o mundo diante de Malévola desapareceu enquanto ela se transformava de fada em pó.

Aurora chorou, o peito arfando enquanto observava o lugar onde Malévola havia estado. Agora não havia nada além de uma nuvem de poeira escura que lentamente começou a se dissipar ao vento.

Ouvindo o som de passos, Aurora olhou para cima. O mais simples dos movimentos era doloroso à luz do que acabara de acontecer. Ingrith estava olhando para ela, com uma expressão de triunfo no rosto.

– Você sabe do que um grande líder é feito, Aurora? – Ingrith perguntou, indiferente às lágrimas que escorriam das bochechas da moça para as pedras. – A capacidade de instilar medo em seus súditos, e então usar esse medo contra os seus inimigos. – Enquanto ela falava, gesticulava com a mão no ar, como se pudesse afastar o pó vermelho ainda pairando. Aurora olhou para ela, incapaz de recuperar a fala ou a força para se mover.

Ingrith continuou:

– Então, contei a eles sobre a bruxa malvada, a princesa que ela amaldiçoou e como o meu filho salvou a beldade com um beijo de amor verdadeiro.

Os olhos de Aurora se arregalaram. A mulher era mais louca do que pensara. Essa não era a história. Era apenas parte da história. Uma versão distorcida que pintara Malévola como vilã. Claro que as pessoas odiavam a fada das trevas. Confiavam que sua rainha lhes dizia a verdade... e ela pegou essa confiança e usou-a contra eles próprios. Ela era, percebeu Aurora, pura maldade. *Ela era a bruxa, não Malévola.*

Como se lesse seus pensamentos, Ingrith assentiu.

– Eu sei que você acha que sou um monstro – continuou. – Mas o que fiz ao rei, a Malévola, ao meu filho... fiz por Ulstead. – Enquanto ela falava, deu um passo para mais perto da borda. Agora os dedos de seus pés estavam quase em cima dos dedos da mão de Aurora. Ela parou, a centímetros de distância. – Isso – ela terminou, apontando para o pó vermelho que antes costumava ser Malévola e depois para a devastação causada por sua guerra – foi obra sua. Você é uma traidora da sua espécie e pagará por isso.

Abaixando-se, Ingrith agarrou o pulso de Aurora e levantou-a sem qualquer piedade. Ignorando os protestos, a rainha arrastou-a para mais perto da borda da torre. Os pés de Aurora desequilibraram-se na pedra. Para uma mulher tão frágil, a rainha era notavelmente forte. O ódio alimentava sua força e nublava a sua mente. O que mais poderia explicar o que estava prestes a fazer? Ficou claro que Ingrith planejava lançar Aurora ao encontro da morte enquanto soldados, fadas e até Phillip (que Aurora avistou em uma ameia vizinha) observavam.

O vento começou a aumentar quando Aurora foi arrastada para mais perto da borda. O pó vermelho, que se espalhara pelas pedras da torre, ergueu-se no ar e começou a girar num turbilhão. Ingrith não percebeu. Ela estava focada na multidão que se reunira lá embaixo.

– Malévola está morta! – gritou.

Dos soldados humanos vieram gritos abafados de alegria enquanto as fadas restantes abriram a boca de espanto. Ingrith regozijou-se com ambas as reações e seu sorriso se ampliou.

– Nunca mais teremos que viver com medo.

– Solte-me – disse Aurora. As palavras de Ingrith estavam deixando-a doente. Como a mulher podia estar tão feliz diante de tamanha devastação? Aurora puxou o braço para trás, mas o aperto da rainha era férreo.

– Ulstead finalmente está livre – disse Ingrith, triunfante. Mas, enquanto suas palavras desciam até a multidão, o mesmo acontecia com o pó vermelho. Ele rodopiava no ar, mudando e se transformando na frente de seus olhos, lentamente a princípio, depois cada vez mais rápido à medida que crescia e se adensava.

– O que está acontecendo? – Aurora ouviu Ingrith perguntar. Mas ela não olhou para a rainha. Seus olhos estavam fixos no pó.

Então a poeira começou a tomar forma. Não estava definida no começo. Parecia não haver lógica na maneira como se movia. Mas, enquanto Aurora observava, o pó que antes fora Malévola começou a se juntar e se estender até que finalmente se tornou uma enorme fênix.

Aurora ofegou.

Malévola havia sido transformada. Seu amor e o poder de seu sacrifício despertaram o antigo ser dentro dela e, então, como a criatura mítica de sua linhagem, ela renasceu.

Deixando escapar um rugido feroz, a fênix abriu as asas. O pássaro se virou, encarando Ingrith. A rainha deu um passo temeroso para trás ao ver a expressão letal nos olhos do pássaro. Atrás dela, os soldados largaram as armas e se afastaram da fênix enquanto a magia verde começava a se expandir, envolvendo a torre e o solo abaixo em uma fantasmagórica luminosidade.

Aurora olhou para Malévola – a fênix – e uma solitária lágrima escorreu por sua face. O pássaro era lindo. Selvagem e poderoso, e, apesar da fúria em seus olhos, sabia que o pássaro representava tudo de bom que houvera na alma de Malévola.

E então, antes que ela pudesse fazer algo para impedi--la, Ingrith empurrou Aurora por cima da borda. Com um grito, a moça começou a cair.

O vento zuniu em seus ouvidos e chicoteou com força suas bochechas. Ela viu as pedras da torre passarem velozmente enquanto despencava em direção ao chão. Caía cada vez mais rápido, seu vestido ondulando ao redor enquanto as nuvens a provocavam lá do céu. O chão parecia vir ao seu encontro.

Foi quando ouviu: por sobre o vento, o grito de um pássaro e o bater de asas poderosas. Um momento depois, sentiu as asas em torno dela e, então, com um estrondoso baque, ela – e Malévola – bateram no chão duro.

Aurora gemeu. Seus olhos, fechados com força, de repente se abriram. Havia apenas uma coisa em mente: Malévola!

Girando a cabeça, Aurora viu que estava deitada no chão, embalada nas asas da fênix. Quando as asas da criatura majestosa se abriram, a moça se levantou e se afastou alguns passos. Seus olhos nunca deixaram a fênix. O pássaro permanecia imóvel. As asas coloridas não se mexiam. Os olhos estavam fechados.

Mas, enquanto Aurora observava, os olhos da fênix se abriram e ela também se levantou. Por um momento, a criatura pairou no ar, uma bela e lendária imagem trazida à vida. Perto dali, as fadas das trevas que sobreviveram inclinaram a cabeça em sinal de respeito. E, então, mais uma vez, a fênix se transformou. As asas se tornaram braços. As penas ficaram pretas. E então, parada ali, novamente inteira, Malévola. Ela era a mesma, mas diferente. Seus olhos estavam cheios de sabedoria e paz. E onde antes havia apenas asas, agora também tinha um rabo: como a Fênix da qual ela ganhara tanta força.

Com um grito de alegria, Aurora correu para a mãe. Jogou os braços ao redor de Malévola e se agarrou a ela, segurando-a como se nunca fosse soltar. A fada abraçou-a de volta. E então, lentamente, com delicadeza, começou a acariciar o cabelo de Aurora.

– Praga – ela disse com doçura.

Aurora se permitiu chorar. Por tudo que quase perdera. Por tudo o que Phillip havia perdido. Por todo o mal que Ingrith havia causado. Mas, quando as lágrimas caíram, tornaram-se lágrimas de alegria. Ela havia recuperado Malévola. Malévola voltara para ela. Por amor. A mãe dela poderia fazer graça disso um dia, mas Aurora sabia, mais do que nunca, que o amor era a magia mais poderosa.

Ouvindo passos, Aurora relutantemente se soltou do abraço. Phillip deu um passo à frente e dessa vez foi em

Elizabeth Rudnick | 237

seus braços que ela caiu. Enquanto o Povo de Moors e os humanos observavam, eles se abraçaram.

– E agora? – perguntou Phillip, soltando o abraço.

Aurora olhou de Phillip para Malévola e depois para a multidão reunida. Eles haviam presenciado tanto horror naquele dia. O que poderia ser feito para consertar o terror que o reinado de Ingrith trouxera a todos eles? Então, um sorriso começou a se espalhar por seu rosto.

Respirando fundo, ela caminhou em direção à multidão.

– Nossos dois mundos estarão unidos: aqui e agora! – declarou.

Movendo-se para ficar ao lado dela, Phillip assentiu, com um sorriso no rosto. Aurora não precisava dizer mais nada. O príncipe sabia o que ela estava pensando e, com voz forte, ele acrescentou seu apoio à ideia dela:

– Que o medo não volte a nos dividir. O dia de hoje assinala um novo caminho para nós... juntos!

Enquanto fadas e humanos começavam a aplaudir, Aurora olhou por cima do ombro para Malévola. Para sua surpresa, ela viu Lickspittle chegando por trás da fada das trevas. Em suas mãos, a pesada roca de fiar. Aurora inclinou a cabeça, sem saber o que estava acontecendo. Lickspittle fora um peão de Ingrith por tanto tempo... Estava lá para machucar Malévola? Ou ajudá-los em seu novo caminho?

— Creio que isso pertence a você — disse o duende, respondendo à pergunta não formulada de Aurora.

Estendendo a mão, Malévola pegou o objeto. À luz do dia, parecia tão inofensivo. Aquela peça trouxera tanta tristeza, mas à sua maneira forjara o caminho que os conduzira até ali. Aquele simples pedaço de madeira unira Aurora e Malévola; unira Aurora e Phillip; e, de certa forma, logo uniria os reinos.

— Maldições nunca acabam — acrescentou Lickspittle enquanto Malévola olhava para o fuso. — Elas são quebradas.

Malévola assentiu. Com um movimento do dedo, ela levantou o objeto no ar.

Lá embaixo, Aurora se dirigiu à multidão:

— Hoje haverá um casamento. Não apenas a união de duas pessoas, mas a união de dois reinos. Todos estão convidados. Todos estarão seguros. Todos são bem-vindos!

Enquanto altos gritos de celebração enchiam o ar, Malévola liberou um fluxo de magia verde, que atingiu o fuso, quebrando-o em mil pedaços. Quando isso aconteceu, uma onda de choque de magia tomou conta do terreno do castelo. Por todo jardim, flores brotaram e borboletas voltearam pelo ar quando a natureza retornou a Ulstead. No meio de um caminho de cascalho, um enorme salgueiro subiu tão alto quanto o céu, seus longos e chorosos galhos

Elizabeth Rudnick | 239

batendo no chão. A maldição que pairara sobre tantos por tanto tempo finalmente terminara.

Bem, para a maioria.

Ouvindo um grito, Aurora se virou e viu Ingrith sendo arrastada para a frente por trepadeiras vivas. Ela se debatia e gritava, mas os protestos foram em vão. Suas roupas estavam rasgadas; sua face, suja de terra. Sua habitual compostura se fora e o pânico se instalara em seu lugar. Mas ninguém se adiantou para salvá-la.

– Seus covardes – gritou. – Não podemos viver entre monstros como esses...

Ingrith não conseguiu dizer mais nada. Os dedos de Malévola se contorceram e um raio de magia verde explodiu em direção à rainha. O raio desvaneceu-se com uma nuvem de fumaça e, parada onde antes estava Ingrith, havia uma cabra. O animal soltou uma "bééé" queixoso e depois espirrou.

Aurora reprimiu uma risada. Não poderia haver punição pior para a rainha que odiava a natureza do que passar o resto de seus dias presa vivendo como uma cabra.

– Alguém na verdade deveria cobrir seus chifres – disse Malévola, encontrando o olhar de Aurora. Então, ela lhe deu um rápido sorriso, com presas e tudo. Aurora riu e o som dissolveu qualquer tensão restante. A maldição estava realmente quebrada. Era hora de celebrar.

CAPÍTULO 19

QUANDO AURORA ANUNCIOU que ela e Phillip iriam se casar ali mesmo, não tinha pensado direito a respeito. Agora, ocultada dos olhos da multidão pelas folhas do salgueiro-chorão, momentaneamente se arrependeu da impulsividade. Embora nunca houvesse sido particularmente vaidosa, a ideia de se casar com Phillip em um vestido que havia sido rasgado, cortado e coberto de terra parecia... decepcionante.

Aurora se virou pelo farfalhar das folhas e viu Malévola entrar sob o dossel da árvore.

– Como estou? – Aurora perguntou, tentando parecer feliz enquanto prendia uma mecha solta de cabelo atrás da orelha.

Os olhos de Malévola se estreitaram e uma franzida repuxou seus lábios.

Nada bem, imagino, pensou Aurora.

Mas, antes que Aurora pudesse inventar uma desculpa, Malévola girou seu longo dedo e a magia rodeou a noiva. Quando terminou, os cabelos de Aurora estavam penteados, e o rosto, limpo. Um vestido novo substituíra o destruído. E, ao contrário do pesado e austero vestido que Ingrith lhe dera, esse era alegre, leve e lhe permitia movimentar-se livremente. Coberto por delicadas flores cor-de-rosa, a cauda tremulava atrás de Aurora como um rio de renda. O corpete era feito da mais pura seda branca e o tecido das mangas finas chegava quase a ser translúcido. A parte inferior do vestido fluía dos quadris de Aurora, cobria o chão a seus pés e dava a impressão de que ela e o vestido eram parte do mesmo solo. Era forte e ao mesmo tempo frágil. Ousado, mas atemporal. Era a personificação de Aurora e de Moors.

Olhando para Malévola, Aurora bateu palmas.

– É lindo – sussurrou. – Obrigada.

Por um momento, mãe e filha ficaram em silêncio. O ar estava repleto de emoção. Havia tantas coisas que Aurora queria dizer. Desculpar-se pelo que fizera e como agira; fazer promessas para o futuro. Mas parecia a hora errada. Essas palavras não precisavam ser ditas. Ela sabia que Malévola lhe havia perdoado. Em vez disso, fez uma pergunta muito importante:

– Você me leva até o altar?

Houve uma pausa.

– Sabe, dizem que dá azar negar um pedido da noiva no dia de seu casamento – acrescentou Aurora.

Muito lentamente, um sorriso se espalhou pelo rosto de Malévola.

– Muito bem. Se você insiste.

Quando o alívio – e a felicidade – inundaram Aurora, ela espiou o castelo através dos galhos do salgueiro. Assim como ela, a construção parecia mais leve, mais feliz, e o sentimento de esperança começava a crescer. Quando avistou alguém saindo pelos portões, a esperança aumentou. Era o rei! A destruição do fuso o despertara. Ele estava atordoado, mas bem.

Enquanto Phillip corria para ele, Aurora se voltou para Malévola. O dia havia sido repleto de sofrimento. Mas as coisas estavam mudando. O fuso havia sido destruído. Ingrith se fora. O rei acordara. Malévola estava viva e bem. Era hora de olhar para o futuro. Era hora de um casamento.

Enquanto o sol poente enchia o céu com uma profusão de cores, Aurora estava de pé no final de um longo corredor improvisado no meio do gramado do Castelo de Ulstead. Lindas flores ladeavam o caminho, cobrindo o chão com pétalas e inundando o ar com seu perfume. Fadas vaga-lume rodopiavam lá no alto, criando um cintilar de luzes para iluminar o trajeto. De cada lado, mais fadas misturavam-se aos humanos, à vontade e em paz enquanto aguardavam pela rainha.

Aurora pensou que seu coração fosse explodir de felicidade quando olhou para os convidados e, mais adiante, para onde Phillip estava em pé ao lado de Diaval. Ela sorriu ao ver o rei John se aproximar e abraçar o filho. Ele sussurrou algo no ouvido de Phillip e, então, com um sorriso feliz, deu um passo para trás, concedendo ao filho o lugar de honra na extremidade do corredor. Logo em seguida, Ingrith, em sua forma de cabra, pulou na frente dos homens. Diante disso, o sorriso de Aurora vacilou apenas ligeiramente. Embora soubesse que ver Ingrith nessa condição era amargo para eles, ela sabia que nem Phillip, nem seu pai, se importavam verdadeiramente com o resultado. Aurora balançou a cabeça. Agora não era a hora de pensar sobre os momentos tristes ou as vidas perdidas. Ela havia imaginado esse dia por tanto tempo. E agora ele chegara. E era melhor do que qualquer coisa que seus sonhos pudessem conjurar.

Os olhos de Malévola estavam cheios de emoção enquanto permanecia ao lado de Aurora. A moça apertou a mão da mãe e a música começou a tocar. Juntas, caminharam pelo longo corredor. Parando na frente de Phillip e do rei John, Malévola olhou para Aurora. A rainha dos Moors não precisava de palavras para saber o que a mãe estava pensando. Ela podia sentir o amor. Quando Malévola gentilmente colocou a mão de Aurora na de Phillip, sabia que a fada estava lhe dando sua bênção.

– As alianças, por favor – disse o sacerdote.

Pingo deu um passo à frente. O rosto do fada-macho ouriço estava brilhando de orgulho enquanto carregava dois anéis. Feito de videiras, os anéis eram simples, mas mais fortes do que o metal. Eles, assim como Moors, de onde tinham vindo, durariam para sempre. Com um aceno de satisfação, Malévola se afastou e tomou o seu lugar ao lado de Diaval.

Aurora voltou sua atenção para o sacerdote, mas não antes de ouvir Diaval dizer:

– Eu gosto do novo visual. E eu estava aqui pensando...

– É um hábito desagradável – Malévola disse com sua voz calma e imperturbável. – Você deveria parar com isso.

Diaval ignorou a resposta sarcástica da fada das trevas e continuou:

– Eu estava *pensando* de fazermos o lance do urso de agora em diante. Acho que ficaremos bem juntos, rondando Moors...

– Eu não rondo – disse Malévola, interrompendo Diaval no meio da frase.

Então, ela acenou com a mão na direção de Arabella, a horrível gata de Ingrith, e a criatura se transformou em uma linda jovem. Diaval ofegou quando os olhos de Arabella encontraram os dele.

– Isso também é bom – disse ele.

Concentrando-se no sacerdote, Aurora escutou enquanto ele falava de amor e honra. Ele os fez prometer valorizarem os bons momentos, e serem pacientes durante os ruins. Eles realmente tinham vivido maus bocados por uma vida inteira. Era hora de chegar ao felizes para sempre.

– Você, Phillip, aceita Aurora como...

Phillip não deixou o sacerdote concluir ao responder:

– Aceito.

– Eu aceito também! – apressou-se Aurora, tão ansiosa quanto ele.

O sacerdote riu.

– Está certo, pode beijar...

Mas novamente o casal não o deixou terminar. Seus lábios se encontraram, e se fundiram em um beijo

completamente mágico. Era um beijo que simbolizava o amor e o casamento, mas também selava o futuro deles – e o futuro de seus reinos. Para todos os que estavam reunidos, ficou claro que o futuro seria maravilhoso.

EPÍLOGO

OS DIAS PASSARAM e as estações mudaram – assim como o Castelo de Ulstead. Com a rainha Ingrith afastada, o castelo ficou mais claro. Os corredores se encheram de risos. A frieza se foi e o calor assumiu. Flores vivas floresciam nos jardins e dentro dos muros do castelo. Era um grande contraste com o reinado de Ingrith e sua decoração desagradável e taxidérmica. Apesar do tamanho, o Castelo de Ulstead tornou-se um lar.

No coração desse novo lar viviam Aurora e Phillip. O casamento deles trouxera a paz prometida e unira enfim os cidadãos dos dois reinos. Os filhos dos humanos de Ulstead e os filhos das fadas de Moors brincavam lado a lado, seu riso um alegre lembrete de quão longe as coisas haviam avançado. Ao unir os reinos, Aurora e Phillip haviam criado um melhor, um lugar onde todos eram bem-vindos.

De pé na varanda, Aurora fitava seu reino. A suave brisa primaveril carregava o cheiro do verão iminente e, nos terrenos lá embaixo, ela podia ver flores desabrochando. Além do rio, Moors parecia exuberante e fértil enquanto folhas e flores cresciam. Ouvindo passos, sorriu quando Phillip se juntou a ela na varanda.

– O que foi, meu amor? – ele perguntou, pegando a mão dela.

Aurora sorriu.

– É um novo dia – disse ela simplesmente.

– Suponho que sim – respondeu Phillip.

Enquanto observavam, Malévola surgiu e pairou sobre a sacada.

Nos dias que se seguiram ao casamento, a fada das trevas ficara cada vez mais à vontade perto de Phillip e até mesmo do rei John. Ela dividia o tempo entre o Castelo de Ulstead e Moors para mostrar que a paz entre os reinos era verdadeira e duradoura.

Mas chegara a hora de Malévola retornar a Moors de forma permanente. As fadas precisavam dela – especialmente as fadas das trevas que agora chamavam Moors de lar. Embora tivessem se desenvolvido na liberdade e espaço que o Ninho jamais oferecera, faltava-lhes orientação sem Conall. Malévola havia se tornado de fato uma líder – e uma mãe – para elas. Se por um lado Aurora perderia a atenção exclusiva, por outro sabia que mais cedo ou mais tarde haveria motivos para Malévola visitar Ulstead.

252 | Malévola: dona do mal

— Malévola — Phillip disse, saudando-a, alheio aos pensamentos da esposa.

— Você poderia ficar um pouco? — Aurora não pôde deixar de perguntar, a voz um tanto trêmula. Ela sabia que soava igualzinho à jovem que fora um dia, mas não se importava. Sentiria falta da mãe, mesmo que ela estivesse logo ali do outro lado do rio.

Malévola sorriu para Aurora. Tomando sua mão, ela a apertou suavemente.

— Tenho trabalho a fazer.

Aurora assentiu. Malévola estava certa. Nos dias que se seguiram ao casamento, Malévola contara-lhe tudo sobre o Ninho e Conall. Aurora chorara quando soubera do tempo que passaram juntos e do tempo perdido, com o coração partido ao pensar em Conall sendo tirado de Malévola por causa de Ingrith. Mas ela também ouviu sobre a felicidade e viu a alegria que iluminava o rosto de Malévola enquanto falava sobre as jovens fadas. Ela sabia que sua mãe encontrara a paz brincando com elas em Moors.

Ela também sabia que Malévola sempre estaria lá. Juntas, tornaram isso possível. A divisão entre os reinos desaparecera de uma vez por todas. Ambos, Moors e Ulstead, estavam florescendo. E, quando sua mãe fez menção de levantar voo, Aurora sabia que havia outro motivo para permanecerem sempre conectadas.

Malévola se virou e olhou para eles por cima do ombro.
– Vejo vocês no batizado – disse ela, sorrindo.

Com um bater de asas, Malévola subiu ao céu. Atrás dela, Aurora riu quando Phillip se virou para ela – o segredo revelado. Enquanto ele a puxava para um abraço, Aurora observava Malévola voar em direção a Moors, com as asas bem abertas. Quando mergulhou, um grupo de jovens fadas voou ao seu encontro. Mesmo de onde ela estava, Aurora podia ouvir sua risada quando chamavam Malévola, pedindo-lhe que brincasse com elas.

Aurora sorriu. A família estava crescendo. E assim, ao que parecia, a de Malévola. Individualmente, descobriram uma felicidade que não imaginavam possível. Mas, juntas, elas fizeram sonhos se tornarem realidade. Juntas, elas criaram um mundo onde haveria amor – para todo o sempre.

TIPOGRAFIA	Electra LH e Burbank Big C.
IMPRESSÃO	Gráfica Eskenazi